AF311196

L'AMITIÉ RIVALE.

COMEDIE

EN VERS ET EN CINQ ACTES,

Par M. FAGAN.

Représentée pour la premiere fois sur le Theâtre de la Comédie Françoise, le 16 Novembre 1735.

Le prix est de 30 sols.

A PARIS,

Chez CHAUBERT, Quay des Augustins près le Pont S. Michel, à la Renommée & à la Prudence.

M. DCC. XXXVI.

Avec Approbation & Privilege du Roy.

PREFACE.

ON imprime tant de Piéces dont le débit n'eſt pas heureux, quoiqu'elles ayent eu ſur le Théâtre un long ſuccès, que c'eſt beaucoup hazarder que de mettre au jour une Comédie condamnée dans ſa naiſſance. Celle-ci a été d'abord ſi mal reçuë, que les illuſtres ſuffrages dont elle a été enſuite honorée, & l'approbation de quelques connoiſſeurs n'ont pû lui faire avoir que dix repréſentations.

Peut-être obtiendrai-je un accueil plus favorable de la part des Lecteurs. Ceux qui, dans les Spectacles compoſent les *cabales*; & ceux par qui elles ſont ſuſcitées ſçavent bien de quelle conſéquence ſont les coups qu'ils portent. Ils ſont ſûrs que par le tumulte & l'ironie, le Spectateur le plus indifférent ſe prévient; que l'Acteur ſe refroidit, & que l'Ouvrage, dans toutes ſes repréſentations paroît ſous un autre point de vûë. On ne doit donc pas compter qu'une Piéce ait, de longtems ſur la Scene, le ſuccès qu'elle y auroit eu, ſi au lieu d'être étouffée par des éclats concertés, elle avoit été entenduë.

J'ai voulu prouver que l'Amour peut être balancé par l'Amitié. Je me flate qu'à la lecture on s'appercevra aifément qu'Acante eft le fujet de ma Piéce, que c'eft dans fon cœur que l'amitié eft rivale de l'amour ; & qu'ainfi, que Clarice foit amoureufe ou ne le foit point, cela eft indépendant du fond. Le perfonnage de Clarice eft un moyen du fujet, mais n'eft pas le fujet même. J'ai vû, cependant, regner ce fentiment dans la plûpart de mes juges qui n'ont apporté qu'une légere attention, quand malheureufement il en falloit beaucoup.

Si ce perfonnage de Clarice eft hors de la nature, fi après avoir caufé le malheur de fon ami par l'ayeu d'un amour déplacé, il n'eft pas vraifemblable qu'elle jouiffe d'un moment de raifon, & cherche à appaifer les troubles dont fa foibleffe a été la caufe ; au moins doit-on convenir que bien des femmes ont fouvent approché d'un pareil héroïfme. Qu'il me foit auffi permis de dire, qu'il eft encore dans le monde des caracteres pareils à celui d'Acante, & que tout galant homme qui fe trouveroit dans des circonftances auffi extrêmes, fe trouveroit, fans doute, fort embarraffé.

PREFACE.

A l'égard des défauts qui font dans le plan , &
dans les détails , je crains que le Lecteur n'en remar-
que plufieurs ; mais peut-être ne fera-ce aucun de
ceux qui ont été relevés le premier jour , car excepté
un feul endroit que j'ai rectifié, il m'a été impoffi-
ble de concilier les avis fur le refte.

Je crois que le reproche le plus effentiel tombe
fur le genre de cette Comédie. Quoique j'aye effayé
de peindre un ridicule dans la prévention de Crémon contre fon fils , & que j'aye tâché d'exprimer
que deux fort honnêtes gens néceffairement unis ,
ne peuvent fouvent vivre en bonne intelligence , il
eft bien certain que ce ridicule n'eft qu'acceffoire ,
& que mon principal fujet n'eft point un correctif.
Or depuis qu'un Maître inimitable a fait , d'une fine
raillerie, la bafe du Comique François , fes admira-
teurs veulent que l'argument d'une Piéce foit une
Epigramme & non un fentiment, ou pour mieux
dire, ils veulent que l'objet principal des Auteurs
foit de peindre des défauts & non des vertus.

Mais n'eft-ce pas un devoir indifpenfable aux Auteurs d'étudier le goût de leur fiécle , & depuis
quelque tems cette nouvelle efpece de Comédie n'a-
t-elle pas été un peu mife en crédit ?

Doit-on d'ailleurs leur ôter l'efpoir d'établir un
genre nouveau ? Ne peut-on fans abandonner la
vraie Comedie prendre une route qui n'ait pas en-

á iij

core été frayée ? Car , quand on nous recommande
d'avoir Plaute , Terence , Moliere & Regnard devant les yeux , c'est sans doute nous indiquer de
très bons modéles : mais on ne peut pas dire qu'ils
ayent tous écrit dans le même genre. Terence &
Moliere ont excellé l'un & l'autre ; & c'est par-là
qu'ils se ressemblent. Quant au genre, il faut opter,
ils different entr'eux. Terence a peint des hommes
ordinaires , Moliere a peint des hommes ridicules.
Le premier s'est donc contenté de l'imitation exacte de
la nature : Le second a cherché ce qu'il y avoit de vi-
cieux dans la nature. Pourquoi d'autres Auteurs
n'essayeroient-ils pas de peindre ce que la nature a
d'aimable & de parfait ?

Il est vrai qu'en suivant ce dernier genre le fonds
sera toujours plus serieux ; Jusques-là même qu'il
pourra être *larmoyant*. Celui de Moliere est bien plus
favorable , & il seroit à souhaiter qu'on l'employât
encore. Mais outre qu'il faut peut-être pour y réussir
un genie aussi heureux que le sien , l'entreprise est
aujourd'hui plus difficile qu'elle ne l'étoit de son
tems. Comment hazarder de faire des portraits
si l'on en fait bien-tôt des applications capables de
faire proscrire un Ouvrage. Comment esperer d'être
bien plaisant , si l'on traite de farce tout ce qui
n'a pas une grande délicatesse : Comment enfin
représenter des personnages communs , & s'en tenir

PREFACE.

à l'imitation de la vie Bourgeoise, quand un petit
défaut de cérémonial qui se trouvera dans les premiers Actes d'une Piéce, sera un prétexte pour ne
la plus vouloir écouter ; quand on exigera qu'un
valet parle aussi poliment qu'un Homme de Cour,
& que l'on trouvera mauvais qu'un vieillard Comique employe des expressions familieres ?

ACTEURS.

ACANTE, Amant de Mélite, & ami de
Clarice.   M. DU FRESNE.

CLARICE,   Mlle. QUINAUT.

MELITE,   Mlle. GAUSSIN.

LISETTE, suivante de
Clarice.   Mlle. DANGEVILLE
la jeune.

CREMON, Pere d'Acante, M. DUCHEMIN.

ALBERT, Oncle de Mélite, M. DE LA THO-
RILLIERE.

CARLIN, Valet d'Acante, M. ARMAND.

DORIMON, Ami d'Acante, M. DUBREÜIL.

LE NOTAIRE,   M. POISSON.

La Scene est à une Terre près de Paris.

L'AMITIE,

L'AMITIÉ RIVALE,
COMEDIE EN VERS.

Le Théâtre represente un Bosquet dans le fond, &
sur les ailes deux riches bâtimens.

ACTE PREMIER.
SCENE PREMIERE.

ACANTE *seul.*

Oici l'heure où je dois me rendre chez Mélite.
La rendrai-je témoin du trouble qui m'agite ?
Carlin ne revient point. Que dirai-je; & comment
Devant elle excuser un tel retardement !
Que va penser Albert, cet oncle redoutable
Qui sous un doux maintien, sous un dehors affable,
Est au fond, moins facile à se laisser toucher,
Que ces sombres Argus qu'on ne peut approcher ?
Ah ! Lisette. C'est toi.

A

SCENE II.

ACANTE , LISETTE *qui sort de la maison de Clarice.*

LISETTE.

Clarice ma Maîtresse,
Qui vient de remarquer en vous quelque tristesse,
Quand vous avés passé , souhaiteroit sçavoir
D'où provient ce chagrin qu'en vous on a crû voir ?
Et si vous n'auriés point de Monsieur votre Pere
Reçu quelque réponse à vos desirs conttaire ?

ACANTE.

Je n'en ai point reçue , & c'est ce long délai ,
Qui fait toute ma peine. Oui , Lisette , il est vrai
Que d'un ennui mortel mon ame est occupée.
Clarice l'a crû voir , & ne s'est point trompée.
Plein d'un feu dont mon cœur ne sçauroit s'affranchir ,
J'ai recours à mon pere , & compte le fléchir.
Carlin est le porteur d'une Lettre où j'expose
Que l'himen de Mélite , auquel je me dispose ,
Seroit avantageux autant qu'il est charmant ,
Et ne peut s'accomplir sans son consentement.
Une affaire d'honneur , à calmer difficile ,
M'empêche , tu le sçais , de paroître à la Ville.
Je ne puis , par moi-même implorer la bonté
D'un pere contre moi dès long-tems irrité.
J'écris donc : Je gemis , je presse , je suplie ;
Ce qu'il me répondra décide de ma vie ;

Carlin ne revient point, & déja dans mon cœur,
D'un refus trop cruel je preſſens le malheur.

LISETTE.

Il ſe peut que Carlin, cet habile émiſſaire,
Pour ſon compte, à Paris, termine quelqu'affaire.

ACANTE.

Depuis un jour entier, il devroit être ici.
Sitôt que je ferai ſur mon ſort éclairci,
Je ne manquerai pas d'en inſtruire Clarice ;
Un véritable ami lui doit cette juſtice,
Puiſqu'elle veut toujours partager ſes ennuis.
Je ne lui tairois rien des peines où je ſuis ;
Si je ne penſois pas, que de mon infortune
La confidence enfin lui peut être importune ;
Et que dans mes chagrins, la mettre de moitié,
C'eſt trop mettre à l'épreuve une tendre amitié.

LISETTE.

L'intérêt qu'elle y prend, Monſieur, eſt trop viſible
Pour craindre.....

ACANTE.

Je connois combien elle eſt ſenſible.
Eh ! depuis mon exil, que ne lui dois-je pas !
Quel commerce eſt plus doux ! que d'eſprit ! que d'appas !
Qu'elle eſt compatiſſante, affable, généreuſe !
Mais, Liſette, qu'elle eſt, en même tems, heureuſe
De s'être fait un cœur qui réſiſte à l'Amour !

A ij

LISETTE.

Quand l'Amour n'est payé que d'un triste retour ;
Quand pour prix de nos feux, pour tribut de nos charmes
Nous n'ayons recueilli que soupirs & que larmes,
C'est prudence de fuir ses dangereux attraits.
Clarice est dans le cas ; & je n'entens jamais
Raconter quelqu'endroit du Roman de sa vie,
Sans être pénétrée. . . . .

ACANTE.

Ecoute, je te prie
J'entens . . . . . c'est Dorimon ?

SCENE III.

DORIMON, ACANTE, LISETTE.

DORIMON *en habit de Cavalier.*

SErviteur, cher ami.
C'est par occasion que je me trouve ici.
Nous allons, cinq ou six, à la Terre d'Elvire :
Mais informé d'un point nécessaire à te dire,
Pour te voir un instant, je me suis détourné.
Ton pere est, selon moi, bien dur, bien obstiné.
Son animosité me paroît sans égale.
Hier, je rencontrai, vers la Place Royale
Ton Valet. Il marchoit d'un air mortifié,
Et resta, devant moi, comme pétrifié.
Je voulus de son trouble approfondir la cause,
Et je lui demandai comment alloit la chose.

Il me dit que Crémon, qu'il vénoit de quitter,
A toutes tes raisons ne pouvoit se prêter :
Qu'à peine avoit-il lû jusqu'au bout ton Epître :
Qu'il avoit seulement, long-tems sur ton chapitre
Argumenté, crié, fait d'ennuyeux discours,
Jurant de ne vouloir consentir de ses jours.
Qu'au surplus, lui Carlin alloit conter l'affaire
A certain Commandeur vieil ami de ton pere.
Qui t'aime, à ce qu'il dit, & prend tes interêts,
Mais radotant un peu : si bien que le succès
Est toujours fort douteux ; qu'après cette démarche
Pour te rendre réponse il se mettroit en marche.
Comme dans ces cantons, je comptois donc venir,
J'ai crû mon cher ami devoir t'en prévenir,
Afin que te réglant suivant les conjonctures,
Tu puisse t'aviser à prendre des mesures.

A C A N T E.

Helas !

D O R I M O N.

Bien fâché d'être un courier de malheur.
Espere un meilleur sort, cher ami. Serviteur.

Dorimon rentre.

SCENE IV.
ACANTE, LISETTE.

A C A N T E.

HE bien tu peux, Lisette, apprendre à ta Maîtresse
Quel est l'état affreux où ce discours me laisse.

A iij

Dis-lui qu'en ce moment j'ai perdu tout espoir;
Que je suis accablé.

LISETTE.

Venés au moins la voir.
Vous pouvés à loisir avec elle vous plaindre,
C'est un soulagement. Vous ne devés pas craindre
D'user de ce secours, puisqu'il vous est offert.
Mais je crois voir sortir Mélite avec Albert ;
Je vous laisse, Monsieur.

Elle rentre.

ACANTE.

C'est Mélite. C'est elle.
Que lui dirai-je ? O Dieux !

SCENE V.

ALBERT, MELITE, ACANTE.

ALBERT *à Mélite.*

Voyés Mademoiselle
Où vous voulés aller promener aujourd'hui.

MELITE.

Ha ! j'apperçois Acante.

ALBERT.

En effet. Oui. C'est lui.

à Acante.
Vous deviés au logis ce me semble vous rendre.
Un Cavalier doit-il ainsi se faire attendre ?

ACANTE.

Je m'y rendois, Monfieur, quand on m'a confirmé
Un foupçon dont j'étois déja trop allarmé.
Oui, Madame, jugés de ma peine fecrete,
Ces attraits tous divins, cette beauté parfaite,
Qui du cœur le plus fier auroient pû triompher,
Ont fait naître une ardeur qu'il me faut étouffer.
D'un Pere prévenu la haine mal éteinte,
Me réfervoit enfin la plus cruelle atteinte.
Il ne pouvoit pas mieux fe venger, me punir,
Qu'en brifant les liens qui devoient nous unir.

MELITE.

Avés-vous, de fa part, reçu cette nouvelle,
Et n'auroit-on point fait un rapport infidéle?

ACANTE.

Ah! je defire trop, Madame, qu'il le foit
Pour ofer m'en flater.

ALBERT.

Bien fouvent on conçoit
Des foupçons mal fondés. Il n'eft guére poffible
Que fon reffentiment foit fi fort invincible.
Vous avés droit d'attendre un plus jufte retour.
Quant à moi : vos façons, votre efprit, votre amour,
Tout m'a parlé pour vous : je ne fais aucun doute
Qu'à la fin attendri Crémon ne vous écoute.
Non, fes yeux plus long-tems ne pourront fe fermer,
Sur tant de qualités qui vous font eftimer.

Mais si vous ne pouvés obtenir son sufrage,
Vous devés rapeller alors, vôtre courage ;
Soutenir ce refus comme un homme de cœur,
Et ne point vous nourrir d'une vaine douleur.

MELITE *à part.*

Helas !

ACANTE.

Que peut-on faire en un chagrin extrême ?
Notre cœur peut-il donc agir contre lui-même ?
Le plus ferme courage, à mes maux doit céder.

ALBERT.

Tout, en patientant, peut se raccommoder.
Ne cessés point encor de nous voir, je vous prie
Du succès de vos feux ne perdés point l'envie.
Mais quoique vous disiés, Monsieur, vous conviendrés
Que ces feux s'éteindront lorsque vous le voudrés.
Depuis fort peu de tems vous connoissés Mélite ;
D'un nœud si peu formé l'on s'affranchit bien vîte.

ACANTE.

Que vous connoissés mal ce cœur, Seigneur Albert ;
Ce cœur que tout entier je vous ai découvert,
Quand un himen prochain avoit flaté mon ame.
S'il m'est encore permis de parler de ma flâme,
Je dirai que l'amour dont le progrès est lent,
N'est pas le plus parfait, ni le plus violent.

L'Amour de deux façons de nos cœurs se rend maître ;
Quelquefois un long tems par dégrés le fait naître ;
Nouri de soins, d'égards, sa douce liaison
Semble un consentement formé par la raison.

Quelquefois

Quelquefois il ne faut qu'un inftant redoutable.
Son charme eft auffi prompt qu'il eft inévitable.
Il naît d'un feul regard lancé par de beaux yeux.
Alors maître des Sens, il eft impérieux.
Au milieu des refus, des mépris, de l'abfence
Involontairement nous fentons fa puiffance;
Il porte enfin des coups dont on ne guérit pas.

A L B E R T.

Un Amant parle ainfi; mais je fçais fur ce cas,
Ce que l'on doit penfer.

*Albert fait quelques pas comme
pour fe retirer avec Mélite.*

M E L I T E *à Acante.*

Par cette circonftance,
Je fuis plus que jamais condamnée au filence.
Pourquoi ne dois-je pas vous plaindre, & foupirer?

A C A N T E.

Madame, je le jure, on peut nous féparer,
Mais rien......

S C E N E   V I.

ALBERT, MÉLITE, ACANTE, CARLIN

C A R L I N *dans la Couliffe.*

Où fera-t-il? Il faut que je le voye.

B

ACANTE.

N'entens-je pas Carlin?

CARLIN.

Quelle sera sa joye!

ACANTE.

Carlin?

à Melite.

Ah! permettés.

CARLIN *voyant Acante.*

Monsieur.

ACANTE.

Hé bien?

CARLIN.

Monsieur....

ACANTE.

Parle donc.

CARLIN.

Vous sçaurés......

ACANTE.

Qu'est-ce?

CARLIN.

Le Commandeur....

ACANTE.

Se pourroit-il?

CARLIN.

Souffrés que je reprenne haleine.

ACANTE.

Je meurs.

MELITE *à part.*

Crémon s'est-il rendu ?

ACANTE.

            Finis ma peine.

Parle.

CARLIN.

Le Commandeur, quand je n'esperois rien,
A fait, en un inftant, tourner la chofe à bien.

ACANTE.

Me dis-tu vrai, Carlin ? Ha ! Seigneur ! ha ! Mélite !

CARLIN.

Je maudiffois cent fois, le peu de réuffite
Qu'avoient eu votre Lettre, & mon activité,
Je voulois, par écrit, prendre la liberté
De raffembler les faits, & de vous les déduire ;
Quand Dorimon s'étant offert de vous inftruire … … ?

ACANTE.

Oui. J'ai vû Dorimon. Après.

CARLIN.

            Votre Parain
Monfieur le Commandeur m'eft revenu, foudain,
Dans l'efprit. Tout troublé, je cherche par la Ville.

A C A N T E.

Bon.

C A R L I N.

Je le trouve.

A C A N T E.

Abrége un détail inutile.

C A R L I N.

Oh ! quand d'une entreprise on a sçu s'acquitter ,
C'est le moins qu'à son aise , on la puisse conter.

A C A N T E.

Soit.

C A R L I N.

Je lui dis le fait. Il sent la conséquence.
Il part , & ranimant une vieille éloquence ,
Il aborde Crémon ; lui reproche l'aigreur ,
Que contre un propre fils il gardoit dans son cœur ,
Lui dit qu'il faut , en tout , chercher votre avantage ,
Et que si vous vouliés faire un bon mariage ,
Que vous en détourner , c'étoit vous faire tort ;
Qu'il y devoit songer. Loin de plier d'abord ,
Le vieillard colérique a fait , dans sa boutade ,
De différens griefs , une longue tirade
Que je tairai ; sur-tout , qu'un jour , ayant compté
Voir finir un himen qu'il avoit arrêté ,
Pour rompre , un beau matin vous partîtes en poste.
Notre homme s'est montré ferme sur la riposte ;
Et comme je l'avois de tout bien informé ,
Des qualités , des noms ; que de l'objet aimé

La beauté fixeroit l'ame la plus altiere,
Que du Seigneur Albert elle étoit heritiere :
Pour lors il n'a ceffé de lui repréfenter
Qu'à finir celui-ci tout devoit le porter :
Tout, raifon, interêt, jufqu'à l'amitié même.

A C A N T E.

L'amitié ?

M É L I T E.

Comment donc ?

A C A N T E.

Par quel bonheur extrême.....

C A R L I N.

Oui, vrayement, l'amitié ! puifque, depuis long-tems
Ils connoiffoient Albert ; que dans leurs jeunes ans,
Ils s'étoient rencontrés, tous trois en Angleterre ;
Que Monfieur....

A L B E R T.

En effet.

C A R L I N.

Que Monfieur votre pere,
Portant alors le nom de Comte de Terny,
Avoit été, fur tout, avec lui fort uni ;
Que ce qu'il avançoit étoit inconteftable.

A L B E R T.

Le Comte de Terny ? rien n'eft plus véritable.

B iij

Pour moi, je m'en souviens, & très-parfaitement.

ACANTE.

Hé! qui pouvoit s'attendre à cet évenement?
Mon efprit étonné n'ofe le croire encore.
Belle Mélite, enfin, ce cœur qui vous adore
Ne doit plus étouffer un innocent défir.

MELITE.

Si cet évenement vous fait quelque plaifir ;
Je le partage, Acante, & ne puis vous le taire.

CARLIN.

Enfin Crémon, voici le meilleur de l'affaire,
Crémon à cet égard eft fi bien converti,
Il eft fi fort changé, qu'il a pris le parti
De venir en perfonne, embraffer la future,
Et d'aporter lui-même, ici, fa fignature.
A l'heure que je parle, il doit être en chemin,
Vous l'allés voir, bien-tôt, arriver.

ACANTE.

O deftin !
Mon pere vient ici ! quel retour favorable !

MELITE.

La fortune n'eft pas toujours inéxorable.

ALBERT.

Que le Ciel foit loüé. Venés, embraffés moi.
En vous, c'eft maintenant un neveu que je vois.

Qu'après quelques chagrins ces unions sont chéres !
Mélite, allons donner les ordres nécessaires
Pour recevoir celui que nous attendons tous.
Je retrouve un ami ; vous trouvés un époux.
Quel bonheur est le nôtre !

MELITE *à Acante.*

Adieu.

ACANTE.

Je vais vous suivre
Loin de vous, un instant, Acante ne peut vivre.

Albert & Mélite rentrent.

****

SCENE VII.
ACANTE, CARLIN.
ACANTE.

HA ! mon contentement ne peut être exprimé !
Cher Carlin, Dorimon m'avoit bien alarmé.

CARLIN.

Il s'étoit à propos chargé de la réponse ;
Car on semble être auteur du malheur qu'on annonce,
Et je crains les récits dans ces sortes de cas.
Mais dès que tout va bien, je ne recule pas.

ACANTE.

Clarice ne sçait point cette heureuse nouvelle,

Elle plaint mes malheurs. Je vais entrer chez elle
Pour la voir un moment, & la défabuser.
Pour toi, mon cher Carlin, va-t'en te repofer.

CARLIN.

Me repofer, c'eft boire. Après un tel fervice
Je l'ai bien mérité. Si vous cherchés Clarice,
Vous pouvés lui parler. La voilà.

Il rentre.

SCENE VIII.
CLARICE, ACANTE.

ACANTE.

C'Eft donc vous,
Chere amie ? aprenés que du deftin jaloux
La rigueur, à la fin, femble s'être calmée.
J'allois vous faire part. . . .

CLARICE.

Je viens d'être informée
Du retour de Carlin. J'ai déja foupçonné
Qu'il vous venoit promettre un fort plus fortuné.
Vos vœux font-ils remplis, flate-t-on votre flâme ?
Pouvés vous fûrement y compter ?

ACANTE.

Oui, Madame,
Ce fort qui n'a ceffé de me perfecuter ;

Ce

Ce ſort que je n'aurois jamais pû ſuporter
Sans le noble interêt que vous daignés y prendre,
Sans cette affection, cette pitié ſi tendre,
Qu'un cœur, tel que le vôtre, accorde aux malheureux.
Ce ſort enfin, pour moi, n'eſt plus ſi rigoureux.
Mon hymen eſt certain. Une heureuſe avanture
Vient de déterminer mon pere à le conclure.
Il doit ici ſe rendre. A peine je le croi
Après la dureté qu'il eut toujours pour moi.

CLARICE.

Acante, il ſe peut bien qu'il ſoit dur & ſévere;
Mais quelque prévenu que nous paroiſſe un pere,
Croyés qu'il eſt encor notre meilleur ami.
Dans ſon plus grand couroux, il ne hait qu'à demi.
Ce couroux n'eſt ſouvent qu'une utile impoſture
Que dicte la raiſon, & permet la nature.
Eſperés tout de lui.

ACANTE.

Sans vos ſages avis,
De mes feux pour Mélite il n'auroit rien apris.
Je n'euſſe point tenté de calmer ſa colere,
Je vous dois mon bonheur. Auſſi, ne voit-on guére
De ſentimens plus vifs & plus reconnoiſſans
Que ceux que j'ai conçus, que ceux que je reſſens,
De mes deſtins toujours vous ſerés la maîtreſſe.
Quelles impreſſions ne fait point la ſageſſe,
Quand elle a les attraits qui ſe trouvent en vous!

CLARICE.

Je prens ce que je dois d'un compliment si doux.
Votre cœur engagé n'a guére la puissance
De s'occuper encor de la reconnoissance.

ACANTE.

Quoi! vous croyés qu'un cœur....

CLARICE.

                    Ah! sans doute, je crois
Qu'un cœur embrasse mal tant d'objets à la fois;
Et que quand de l'hymen, les plaisirs....Mais Mélite....
On vous attend. Adieu. Souffrés que je vous quitte.

ACANTE.

Quoi! chez elle, avec moi, n'allés vous pas entrer?
C'est un tendre devoir qu'elle a lieu d'esperer.

CLARICE.

J'irai: mais un instant chés moi, je me retire.

                    Elle rentre chez elle.

ACANTE *après un moment de réflexion.*
Quelle est l'émotion que sa froideur m'inspire?

                    Il entre chés Mélite.

Fin du premier Acte.

ACTE SECOND.

SCENE PREMIERE.

CREMON, CARLIN.

CREMON.

Vien Carlin. Parlons bas. Voici donc la maison ?
Elle est belle vraiment. Je te crois un fripon.

CARLIN.

Vous avés tort.

CREMON.

        Autant que j'ai pû m'y connoître.
Tu secondas toujours les travers de ton Maître.
N'ai-je de votre part plus rien à redouter ?

CARLIN.

Que craignés vous, Monsieur ?

CREMON.

           Qui, moi ? dois-je compter
Qu'un mot de vérité soit sorti de ta bouche ;
Qu'Acante soit changé, que la raison le touche ?

CARLIN.

J'entens. Vous conservés votre incrédulité.
Et vous venés ici par curiosité ?

CREMON

Plaît-il?

CARLIN.

Je ne dis mot.

CREMON.

Me voilà donc ! Un pere
Qui jamais n'auroit eu de sujets de colere,
Feroit-il éclater un soin plus empressé ?
Quand je jette les yeux sur ce qui s'est passé,
Sur les bouillans transports de son adolescence,
Que n'ai-je point souffert, & quelle extravagance !
Combien ai-je essuyé de contradictions !
Veut-il prendre un parti, combien de visions !
De projets ruineux ! Pour tout ce qu'il désire
Le plus fort revenu ne pourroit pas suffire.
On se livre aux plaisirs : on voit cent etourdis,
Cent têtes à l'évent que l'on croit ses amis.
On ne s'occupe plus que d'habits, d'équipages :
Ce ne sont que festins, que jeux, & que tapages.
La licence & le bruit forment les doux liens.
Par lesquels sont unis de pareils Citoyens.

Un beau jour, il nous dit qu'il veut changer de vie ;
Et de ses faux amis quitter la compagnie ;
Voir un monde sensé, former son jugement.
La famille s'assemble, on me fait compliment,
Chacun sur mon bonheur me témoigne sa joye.
Votre fils, me dit-on, est dans la bonne voye.
Point du tout, le fait est que dès le lendemain,
De trente créanciers un bourdonneux essain,

Bien avant mon reveil, vient affaillir ma porte.
Tous leurs titres en main , attendent que je forte.
Mille gens inconnus ont rempli ma maifon.
C'eft Martin, c'eft Gautier, c'eft Madame Fanchon ;
Oui, Madame Fanchon Marchande de coëffûres,
De Ponpons, de Rubans : deux ou trois créatures
De cette trempe là. Mais m'écriois-je alors,
Quand je verrois chez moi fondre Sergens , Recors,
Me pourra-t-on jamais condamner en Juftice
A payer des bibus, des dettes de caprice ?
Eh que diable ! mon fils portoit-il des Ponpons ?
On m'engage fous main , on me dit pour raifons
Que c'eft galanterie ; on parle d'une fille ....

C A R L I N.

Oui je l'ai bien connuë. Elle étoit fort gentille.

C R E M O N.

Heu ! gentille ... morbleu ... de forte qu'on réfout
Que je les dois payer. J'ai foin d'apaifer tout.
Lorfque, ces jours paffés, ne fçachant plus que faire.
Mon Damoifeau féraille, & fe fait une affaire :
Ce font bien d'autres frais, bien d'autres embarras.
Il faut que j'aille voir Juges & Magiftrats,
Que j'aille jufques chés un Commiffaire. Encore
Il dira qu'avec lui j'agis de Turc à More.
A l'entendre parler , il eft fort malheureux,
Il fe plaindra de moi.

C A R L I N.

Tout defavantageux

C iij

Qu'eſt ce portrait : je n'ai voulu vous en diſtraire.
C'eſt un pere qui parle, ainſi je dois me taire.
Mais ſi de vieux griefs s'élevent contre lui :
Au moins vous ne ſçauriés vous en plaindre aujourd'hui.
Il voudroit contracter un mariage honnête :
Humilié, ſoumis, il préſente requête
Pour aimer, il attend votre conſentement :
On ne peut proceder, je crois, plus congrûment.

C R E M O N.

J'en ſuis aſſés ſurpris.

C A R L I N.

     D'ailleurs, on s'indiſpoſe
Par de petits hazards, & pour la moindre choſe.
Depuis ce jour....

C R E M O N.

Quel jour ?

C A R L I N.

      Qu'en votre cabinet,
Il vous ſurprit cauſant avec certain objet
Qui ne reſſembloit pas à Madame ſa mere....

C R E M O N.

Tais toi.

C A R L I N.

    Vous lui rendés la vie aſſés amére.
Il a plus d'une fois manqué de s'avancer
Par votre grand penchant à ne point dépenſer,
Et ces portraits gaillards dont votre eſprit abonde ;

Quoiqu'il soit plein d'honneur lui nuisent dans le monde.

C R E M O N.

Je veux croire qu'enfin il me satisfera,
Et que plus sagement il se comportera...
Ha! vous voilà, Monsieur?

***

SCENE II.

ACANTE, CREMON, CARLIN.

A C A N T E.

PErmettés que j'embrasse
Un pere généreux de qui j'obtiens ma grace.
Il est donc vrai, Monsieur, votre extrême bonté
Vient, ici, prendre soin de ma félicité?

C R E M O N.

Oui, sitôt que j'ai sçu que l'affaire étoit bonne,
Que vous aviés en vûë une aimable personne,
Dont l'oncle se trouvoit un de mes vieux amis:
Je n'ai plus balancé: sur le champ j'ai promis:
Et comme vous voyés, j'acquitte ma parole,
Sans être refroidi par la conduite folle,
Les caprices sans nombre, & les emportemens.....

A C A N T E.

Ah! ne rappellés point quelques égaremens
Que je veux expier, & qui blessent ma gloire.
Dans ce jour fortuné perdés en la mémoire.

Venés trouver Albert, venés remplir l'espoir
De gens impatiens du plaisir de vous voir.

CREMON.

Allons. C'est donc ici?

ACANTE.

Vous voyés sa demeure.
Entrés.
à son Valet.
Attens ici. Je reviens tout à l'heure
Pour te dire deux mots.

SCENE III.

CARLIN *seul.*

Defiant, prévenu,
Le bon homme, à regret, semble être ici venu.
Aigri contre son fils, le moindre mot l'irrite,
Et sans nul examen, il blame sa conduite.

SCENE IV.

ACANTE, CARLIN.

CARLIN.

Votre pere à la fin veille à vos interêts.
Vous jouissés, Monsieur, du plus parfait succès.

ACANTE.

ACANTE.

Il est grand ce succès, &, selon sa coutume,
La fortune envieuse y mêle une amertume.

CARLIN.

Une amertume ? & d'où peut-elle provenir?

ACANTE

Tu ne le peux sçavoir ; mais je veux parvenir
A goûter pleinement le bonheur où j'aspire.
Je prétens éclaircir . . . . . Ecoute, va-t'en dire . . . .
Non, j'apperçois. . . . . rejoin mon pere promptement ;
Et dis que l'on m'arrête, ici, pour un moment.

Carlin entre chés Albert.

SCENE V.
CLARICE, ACANTE.

CLARICE à ses gens qui la suivent.

REntrés. J'allois, Monsieur, faire cette visite,
Dont je n'ignore pas, qu'il faut que je m'acquitte.
Je vous trouve à propos dans cette occasion.
Vous pourés me sauver une indiscrétion.
Je choisis un moment, incommode peut-être :
Mais, je vous prie, en cas que l'on puisse paroître,
De me donner la main.

D

ACANTE.

Je ne puis m'empêcher
D'être surpris, Madame, & de vous reprocher
Tant de ménagemens. Qu'avés-vous donc à craindre ?
Avec Mélite & moi, devés vous vous contraindre,
Vous de nos premiers feux le témoin & l'auteur ?
Ces scrupuleux égards tiennent de la froideur.
Ce que, dans sa conduite, affecteroit tout autre,
Ne sçauroit aisément s'excuser dans la vôtre.
De la part des amis & des indifférens,
Les mêmes procédés paroissent différens.

CLARICE.

Je le pensois, Monsieur. Mais, je me suis bornée
A suivre la leçon que vous m'avés donnée.
Le maintien réservé, le soin de m'éviter
Que, depuis quelques jours, je vous vois affecter
Par respect, par estime, à ce que vous nous dites,
M'ont fait croire, ou qu'il faut dans d'étroites limites,
Restraindre l'amitié, moins étendre ses droits ;
Ou, que si vous vouliés en abjurer les loix,
Je ne devois pas être, avec vous, la derniere
Dans cette confiance éxacte, & familiere,
Dans cet épanchement & de cœur & d'esprit,
Dans tous ces sentimens dont elle se nourrit.

ACANTE.

Me reprocherés vous trop de délicatesse ?
Je vous l'ai dit , Madame, & le dirai sans cesse.
Oui, cet esprit formé pour la societé,

Vos bontés, vos bienfaits, la générosité
Qui, toujours, vous a fait partager mes allarmes.
Ce soin de me vanter le mérite & les charmes
De celle dont l'éclat détermina mon choix,
Quand, chés vous, je la vis pour la premiere fois.
Ces expédiens sûrs, ces conseils salutaires
Qui contre un sort fâcheux, nous sont si nécessaires :
Ce génie éclairé, qui sçachant tout prévoir,
Dans un cœur abbattu fait renaître l'espoir :
Tant d'utiles secours ; un trésor aussi rare
Est, sans doute, assés cher pour qu'on en soit avare.
Oui, j'ai craint d'abuser d'un bien aussi parfait.

CLARICE.

De l'amitié, souvent, on a fait le portrait ;
Et peut-être jamais ne l'a-t-on bien dépeinte.
Peut-être que vous-même, à vous parler sans feinte,
Vous même l'ignorés plus que vous ne pensés.

ACANTE.

Moi ! je l'ignorerois ?

CLARICE.

Vous.

ACANTE.

Ah ! vous m'offensés.

CLARICE.

L'amitié, selon moi, réfléchit moins, Acante :
Elle est prompte, ingénuë ; elle est vive, pressante.

Avec tant de lenteur, l'amitié ne peut pas
Regler ses mouvemens, & mesurer ses pas.
On n'en est point touché, si l'on peut s'en défendre.
Si l'on peut projetter, décider, entreprendre
Sans mettre nos amis, avec nous, de concert :
Si le moindre secret ne leur est découvert :
Si d'une forte épreuve on les croit incapables ;
Si nous ne les tenons à nous mêmes semblables.
Vous le dirai-je enfin ? J'osois même penser
Qu'une autre passion ne peut la balancer,
Que seule dominant dans une ame sublime,
Tout désir étranger lui semble illégitime.

ACANTE à part.

Qu'entens-je ?

CLARICE.

Non, deux cœurs unis parfaitement
Ne sont d'un autre objet touchés que foiblement.
Voyés de vrais amis, leur ame est consacrée
Aux transports mutuels d'une flâme épurée.
Au délà des plaisirs d'une innocente ardeur,
Ils n'imaginent plus qu'il soit aucun bonheur.
Ils goutent ces plaisirs, ils en font leur étude.
Concevroient-ils jamais, une autre inquiétude,
Que celle de les voir, tout à coup, traversés ?
Non, Acante, vous dis-je…. Eh quoi ! vous paroissés….

ACANTE.

Ah ! Clarice !

CLARICE.

A regret, écoutés vous ma plainte ?

ACANTE.

Sentés vous l'amitié que vous avés dépeinte?

CLARICE.

Comment? qu'aurois-je dit ?

ACANTE *abbattu.*

Je ne sçais , mais je sens
D'un trouble tout nouveau, les effets trop puissans.

CLARICE.

Dans mes expressions , aurois-je pû confondre ? . . . . .
Quel est votre discours ?

ACANTE.

Que puis-je vous répondre?

CLARICE.

Un injuste soupçon vous fait trop présumer.
N'en entendés pas plus que j'en veux exprimer.

ACANTE *abbattu.*

Hé bien donc , c'est mon cœur qui fait cette méprise ;
Qui plein d'un feu caché , cherche qu'on l'autorise.

CLARICE.

En peignant l'amitié , comme je la conçoi ,
Aurois-je peint l'Amour ? . . . . Parlés , rassurés moi.
Ah ! vous m'en dites trop , je fuis votre présence.

A C A N T E *abbattu.*

L'amitié peut avoir tout autant de puiſſance.
Je le ſens. Vous m'avés éclairé ſur ce point.

C L A R I C E.

Rejettés cette idée , & n'examinés point
Quelques mots échapés & dits à l'avanture.
N'y cherchés point un ſens qui me feroit injure.
Prêt d'obtenir l'objet qui vous a ſçu charmer,
Quelle fatalité me feroit vous aimer ?
Ah ! ne le croyés pas , reſpectés davantage
Cette raiſon que j'ai , dites vous , en partage.
Si de tels ſentimens avoient ſéduit mon cœur.
Croyés que j'en mourrois de honte & de douleur.

Elle rentre chez elle.

SCENE VI.

A C A N T E *ſeul.*

AH ! Clarice arrêtés. La ſuivrai-je chez elle ?
La ſurpriſe où je ſuis eſt-elle aſſés cruelle ?
N'ai-je pas , de ſes yeux , vû couler quelques pleurs ?
Par un genre nouveau de troubles , de malheurs ,
Il faut donc qu'aujourd'hui , mon bonheur s'établiſſe,
Sur un ſi douloureux , & ſi dur ſacrifice ?
Mais peut-être ceci n'eſt qu'une illuſion.
Peut-être eſt-ce un effet de ma préſomption.
Je veux la voir encore. Avant que de conclure ,

Pour mon repos, sans doute, il faut que je m'assure
Que ce que j'ai crû voir n'est point; ou que son cœur
De son propre penchant sera bientôt vainqueur.
Ah! si de mon bonheur l'esperance est certaine,
Faut-il que ce bonheur soit pour elle une peine ?

SCENE VII.

CREMON, ACANTE.

CREMON *sans voir Acante.*

Rien n'est mieux étoffé que cette maison là.
J'ai grand empressement à voir finir cela.
Albert tout transporté m'embrasse, me caresse,
Et l'on ne peut rien voir de plus beau que sa niéce.
Je ne puis, j'en conviens, me plaindre cette fois;
Car il faut avoüer qu'il a fait un bon choix.
Eh! d'où venés vous donc ?

ACANTE *à part.*

La seule bienséance
Le seul devoir m'oblige à cette déference.

CREMON.

Répondés donc. Pourquoi ne paroissés vous pas ?

ACANTE *entendant Crémon*

Ah! mon pere, excusés,

CREMON.

Albert vient sur mes pas.

Nous allons, un moment, sous cette paliſſade ;
Et ſongés vous qu'après un tour de promenade,
Il faudra convenir, & regler avec lui ?

ACANTE.

Tout à l'heure ?

CREMON *très-ſurpris.*

Comment ?

ACANTE *diſtrait.*

Arrivé d'aujourd'hui,
À vous trop fatiguer, ſans doute, on vous expoſe,
Et j'ai crû qu'à demain, on remettroit là choſe.

CREMON.

Mais.... faiſons encore mieux, & s'il vous plaît ainſi ;
Rompons.

ACANTE *diſtrait.*

Pardonnés moi ſi je vous laiſſe ici.
Je ſuis, ailleurs, forcé malgré moi de me rendre.

*Il rentre du côté de
la maiſon de Clarice.*

CREMON *ſeul.*

Plaît-il ? où ſuis-je ? Eh quoi ! que viens-je donc d'enten-
dre ?
Il fuit. Eſt-il bien vrai ? Quel projet odieux ?.....
Mais qui te rend ſurpris, Crémon ? ouvre les yeux.
Que trouves-tu donc là qui ne ſoit vraiſemblable ?
Ton fils eſt-il formé pour être raiſonnable ?

Rappelle

Rapelle le paſſé, pour voir dans l'avenir,
Et tout te deviendra facile à définir.

Après un moment de réflexion.

C'eſt un homme pervers, & qui me jouë.

SCENE VIII.
CREMON, CARLIN.

CREMON à Carlin.

AH traître!
Arrête, arrête là.

CARLIN.

Qu'eſt-ce donc? d'où peut naître
Ce courroux, s'il vous plaît?

CREMON.

Tu l'oſes demander?
Tu m'oſes?.... je ne puis....je me ſens excéder:
Mais remettons nos ſens. Pourquoi, par quel délire
M'émouvoir de la ſorte? Il faut plûtôt rire:
Oui, rions-en, le tour eſt plaiſant tout à fait.

Il rit d'un ris forcé.

Tu devrois rire auſſi.

CARLIN.

Rire? pour quel ſujet?

CREMON.

Quel ſujet? oh! dans peu je m'en vais te l'apprendre.

CARLIN.

Peut-on rire d'un fait, n'y pouvant rien comprendre?

CREMON.

Va, tu n'y perdras rien, patiente un moment,
Et je vais, fi je puis, parler plus clairement.
N'eft-ce donc pas Carlin qui porteur d'une Lettre
A Paris eft venu, chés moi, me la remettre.
Me jurant, m'attestant que dans ces lieux, mon fils
De la niéce d'Albert éperdûment épris,
Avec elle uniroit bientôt fa deftinée
En cas que j'approuvaffe un pareil himenée?

CARLIN.

Sans doute, c'eft Carlin.

CREMON.

     Sans doute?

CARLIN.
                 Affurément.

GREMON.

La démarche eft donc vraye? Oh bien, premierement
On dit que ce Carlin, fans autre procedure,
Doit être inceffamment pendu.

CARLIN *après avoir regardé Crémon.*
              C'eft, je vous jure,

Un fait nouveau pour moi. Qui répand ces bruits là?

CREMON.

Par inspiration, je lui prédis cela.
Oui, je le lui prédis. Pour lui faire connoître
Que jamais on ne doit se jouer à son Maître,
Ni venir l'insulter chez lui. Dans un Valet
Ces sortes de gaytés ménent droit au gibet.

CARLIN.

Il regne en vos discours un tour net & facile.
Mais temperés un peu l'ardeur de votre bile.
A ces propos si doux je reste comme un sot,
Je veux être abîmé si j'y comprens un mot.
Qu'est-il donc arrivé ?

CREMON.

Bon, une bagatelle,
Albert est mon ami. Mélite est riche & belle,
Ce choix me fait plaisir. Je viens sans différer,
Un fils rebelle & né pour me désesperer.
Pouvoit-il inventer rien qui fût plus conforme
A son noir caractere, à sa conduite énorme,
Que de fuir maintenant ce qu'il sembloit chercher,
Quand il n'esperoit pas de me pouvoir toucher :
Pouvoit-il faire mieux que de presser, d'écrire,
D'arracher mon aveu, pour ensuite, me dire :
Mon pere c'est assés. Vous voilà donc rendu.
Vous arrivés ici. Soyés le bien venu.
Du mieux que vous pourés, suportés cette endosse.
Je voulois vous voir faire une démarche fausse.

CARLIN *à part.*

Que diable veut-il dire ? il rêve affurément.

CREMON.

O douleur ! qui le tient de rompre ouvertement ?
A quoi bon l'air chagrin que cet ingrat affecte ?
Suis-je un pere qu'on craigne, un pere qu'on refpecte ?

SCENE IX.

MELITE, ALBERT, CREMON, CARLIN.

ALBERT.

JE ne vois point Acante, où donc eft-il ? quel foin
Peut l'avoir empêché de fe rendre témoin
Du plaifir infini qu'ont à fe voir enfemble
Deux anciens amis que le deftin raffemble ?

CREMON.

Ne le demandés point, Albert, vous ignorés
Quels chagrins de tous tems m'ont été préparés.
Je ne vous ai point dit que de toute la terre,
Vous voyés devant vous le plus malheureux pere.
Je fens que ces chagrins ne font pas parvenus
A leur dernier degré. . . . . n'en demandés pas plus,
Souffrés que de ma peine en fecret je foupire ,
Albert. Il me fuffit à prefent de vous dire
Que fi , de fon déclin, le jour étoit moins près,
Que fi, dans le moment, mes gens fe trouvoient prêts ;

Je fuirois au plûtôt un affront trop senfible.

Mais, puifque ce départ ne m'eft guére poffible,
Ce garçon va chercher un logement pour moi.
On ne doit point traiter, ni recevoir chés foi,
Avec tous les dehors d'une amitié folide,
Celui … je dis le mot; le pere d'un perfide.

Il fort.

CARLIN *bas à Albert.*

De vous à moi, je crois qu'il a perdu l'efprit.

SCENE X.
MELITE, ALBERT.

MELITE.

O Ciel! qu'ai-je entendu?

ALBERT.

Je demeure interdit.

MELITE.

Quoi! celui qui juroit d'aimer toute fa vie
Ne feroit qu'un perfide, & je ferois trahie?

ALBERT.

Je cro's que ce difcours eft fans nul fondement,
Et Crémon fe prévient. Mais effectivement,
C'eft chofe que j'avois de moi-même obfervée,
Acante femble fuir depuis fon arrivée.

E iij

MELITE.

Ah ! que me dites vous ? que puis-je imaginer ?
Cette énigme qui femble obfcure à deviner ,
Ne peut être pour moi que honteufe, & cruelle.

ALBERT.

Je crois le voir venir. Sçachés, Mademoifelle ;
Quel eft ce procédé ? pourquoi Crémon fe plaint ?
Peut-être devant moi , feroit-il plus contraint.
Parlés lui. C'eft à vous , dans cette circonftance ,
A fonder les motifs d'une telle inconftance.

Il rentre.

SCENE XI.
MELITE, ACANTE.

ACANTE *au fond du Theâtre fans
voir d'abord Mélite.*

Toujours le même feu regne au fond de fon cœur.
Toujours le même obftacle arrête mon bonheur.
Mais l'amour me reproche un foin trop infidéle.
Que vois-je ? c'eft Mélite.

bas en foupirant.

Ah ! grands Dieux ! qu'elle eft belle !

MELITE.

Acante, eft-il bien vrai ? que vient-on m'annoncer ?
A vos premiers fermens tout prêt à renoncer,

Vous changés : ou plûtôt , ce cœur double & parjure
Ne feignoit de m'aimer que pour me faire injure ?
Helas !

A C A N T E.

Que dites-vous trop adorable objet ?

M E L I T E.

D'un trait capricieux suis-je donc le jouet ?
Ou me réserviés vous le plus sanglant outrage ?

A C A N T E.

Moi , je vous trahirois ? moi , parjure , volage ?
Quand , à vous obtenir , je mets tout mon espoir.
Cet étrange soupçon se peut-il concevoir ?

M E L I T E.

Je voulois en douter , & ce n'est qu'avec peine
Que j'ai cru vos mépris. Mais tout m'en rend certaine ;
Et d'ailleurs je soumets mon esprit étonné
Au témoignage sûr d'un pere consterné ,
Qui gémit , & se plaint que lui-même on le joüe ,
Qui sçait votre inconstance , & qui la désavouë.

A C A N T E.

Quoi ! mon pere me rend si coupable à vos yeux ?
Il auroit fait de moi ce portrait odieux ?
Quel est donc son dessein , j'ai peine à le comprendre.

M E L I T E.

Mais sur ce que j'ai vû pourés vous vous défendre ?
De quels soins inconnus paroissés vous rempli ?

Ce que vous defiriés n'eft-il pas accompli ?
Soûs un augure heureux, quand notre himen s'aprête
Vous fuyés. On ne fçait quel remord vous arrête.
Devés vous donc avoir des foins plus importans ?

A C A N T E.

Si je n'ai point paru depuis quelques inftans :
Un feul mot vous pourroit éclaircir ma conduite.
De ce qui m'a diftrait, vous pouriés être inftruite ;
Et fi vous m'ordonniés de vous en informer ,
Je doute que jamais vous puffiés m'en blâmer.
J'ofe exiger, pourtant, de votre complaifance
Que vous me difpenfiés de cette confidence,
Mais j'attefte le Ciel, je jure à vos genoux
Que ce cœur eft le même & n'adore que vous.
Que plutôt que vous perdre on m'ôteroit la vie,
Qu'il n'eft rien de fi cher que je ne facrifie
Au fuprême bonheur que j'efpere obtenir,
A ces charmans liens qui doivent nous unir :
Que j'ai fait des fermens que rien ne peut enfraindre ;
Que je brûle d'un feu que rien ne peut éteindre.

M E L I T E.

Dois-je vous croire, Acante ?

A C A N T E.

Ah ! ce doute eft cruel !

M E L I T E *foupirant.*

Cré mon devoit-il donc vous faire criminel ?

A C A N T E.

Albert a partagé ce foupçon qui m'offenfe.
Allons, Mélite, allons lui prouver ma conftance.

Fin du fecond Acte.

ACTE

ACTE TROISIEME.
SCENE PREMIERE.
ALBERT, CARLIN.

ALBERT.

CE que je vois, à peine à se concilier;
Acante, d'un côté, vient se justifier,
Il soupire, & fait voir la plus vive tendresse;
De l'autre Crémon fuit; on le cherche, on s'empresse;
Je le fais suplier de ne point s'éloigner;
Et d'être, envers son fils, moins promt à s'indigner;
Je n'en puis obtenir qu'une brusque réponse.
Je ne sçais quelle fin tout ceci nous annonce.
Pour la seconde fois, va le voir de ma part.

CARLIN.

A pareille Ambassade il n'aura nul égard,
C'est tems perdu, Monsieur. En allant le conduire,
J'ai déja vainement essayé de m'instruire.
Tantôt, sans me répondre, il entroit en fureur,
Tantôt il affectoit certain rire mocqueur;
J'ai pris, pour m'éclaircir, une peine inutile.
Bien plus, il m'envoyoit chercher un domicile;
Mais rejettant sur moi son indignation,
Il m'a soudain, ôté cette commission.

F

ALBERT

Accufe-t-on un fils quand il n'eſt point coupable ?
Ce ſouterrain, pour moi, devient impénétrable.

CARLIN.

Impénétrable ? bon ! avec un peu de ſoin,
On trouveroit le tuf, s'il en étoit beſoin.

ALBERT.

Comment ? à tout ceci, comprens-tu quelque choſe ?

CARLIN *ſe parlant à lui-même.*

Oui, plus j'approfondis, plus j'entrevois la cauſe,
Plus je ſuis aſſuré d'où l'incident provient.
  Après leur entrevûë, autant qu'il m'en ſouvient,
Mon maître m'a paru l'ame toute inquiete,
Et m'a dit qu'il avoit une peine ſécrete.
  En examinant bien, ſans doute, il aura vû
Ce que moi, pauvre ſot, je n'ai point apperçu.
Quand auprès de ſon pere, il croyoit trouver grace,
Le vieillard aura fait quelque ſourde grimace
Qui, malgré la douceur de ſon accueil benin,
De ſon projet aura découvert le venin.
  En effet, il le prouve, & d'abord, il commence
Par dénigrer ſon fils, l'accuſant d'inconſtance.

ALBERT.
Que dis-tu donc ?

CARLIN *continuant.*
Auſſi, j'étois bien étonné

Qu'à confentir, il fût fitôt déterminé.
Se peut-il qu'une humeur dure & fi peu liante
En une nuit, devienne active & bienfaifante?
    On eft, par fois, actif, quand on vient obliger;
Mais plus communément quand on vient fe venger.

ALBERT.

Mais, explique toi donc.

CARLIN.

            M'expliquer? non je n'ofe.
Non, je puis me tromper dans ce que je fuppofe.

ALBERT.

Mais encor?

CARLIN.

    Hé bien donc, voici mon fentiment.
Ce doucereux Crémon qui vient fi bonnement,
Qui paroît pour fon fils, tout rempli d'indulgence,
Pour finir fon himen fait tant de diligence,
Prétend l'en détourner, ne vient que pour cela.

ALBERT.

Lui?

CARLIN.

Vous ne fçavés pas quel eft cet homme là!
Dans fes noires humeurs, on ne le peut comprendre.
Il m'a bien dit, à moi....

ALBERT.
Quoi?

CARLIN.

            Qu'il me feroit pendre;

Que j'étois un fripon.

ALBERT.

Se peut-il ?.... En tout cas,
Un pareil procedé ne me conviendroit pas.

CARLIN.

Que voulés vous, Monsieur ? Un pere au reste.... est pere.

ALBERT.

Je ne sçais que vous dire.

CARLIN.

Ayant ce caractere ;
De son fils il est maître incontestablement.

ALBERT.

Oui, maître pour son bien, pour son avancement,
Mais, non pas pour lui nuire.

CARLIN.

Enfin sa fantaisie
Est de ne pas vouloir que son fils se marie.

ALBERT.

Et cette fantaisie est très-hors de saison.

CARLIN.

C'est un entêtement. Il pense à sa façon.
Chacun suit sa marotte, & se conduit par elle.

ALBERT.

S'il est ainsi, l'injure est pour moi personnelle.
Pourquoi donc ces dehors empressés, obligeans?
Agit-on, de la sorte, avec d'honnêtes gens?

CARLIN.

A l'égard de cela, suivant sa politique,
A faire bonne mine il faut bien qu'il s'applique,
Pour vous mieux déguiser ce qu'il a projetté.

ALBERT.

Ouida?

CARLIN.

Ce projet là n'est pas mal concerté.

ALBERT.

Mais, plus je réfléchis, plus je vois clair moi-même,
Et sans difficulté, je résous le problême.
Parbleu, ma niéce & moi, nous ne sommes point faits
Pour être réservés à de semblables traits.
Cette façon d'agir est des plus singulieres.

CARLIN.

On appelle cela de mauvaises manieres.

ALBERT.

Les hommes changent bien! qui l'auroit soupçonné?....

CARLIN.

L'amitié s'affoiblit dans un cœur suranné.

SCENE II.

CREMON, ALBERT, CARLIN.

CREMON.

HE bien vous exigés , Albert, que je diffère ?
Quelle est votre raison ? Ah ! malgré sa colere ,
Votre ami , sans vous voir , ne seroit point parti ;
Et d'ailleurs soyés sûr que je prends mon parti.
Par ma foy , le chagrin ne vaut rien à mon âge,
Or donc , avés vous vû ce fils prudent & sage ?

ALBERT.

Oui, je l'ai vû , Crémon.

CREMON.

     Fort bien. De quels discours
A-t-il pû vous payer ?

CARLIN.

     Hé ! mais, il fait toujours ,
Dans ces lieux , à peu près, la même contenance.

CREMON.

Vous a-t-il amusé par sa rare éloquence ?

ALBERT.
à part.

J'entens : Allés , Crémon. Je n'aurois jamais cru
Ce trait de votre part , si je ne l'eusse vû ;

Et votre politique est bien injurieuse.

CREMON.

Ma politique?

ALBERT.

Elle est, sans doute, ingénieuse ;
Admirable, nouvelle.

CREMON.

A quoi tend ce propos?

ALBERT.

Ah ! chacun fait , Monsieur , ce qu'il juge à propos.
Suffit, n'en parlons plus.

CARLIN à *Crémon.*

C'est ce que, tout à l'heure,
Je disois pour raison , comme étant la meilleure :
Par la nature un pere est né maître absolu ;
Et tout ce qu'il résout est fort bien résolu.

ALBERT.

Oui, fort bien résolu ! Le dessein est louable,
Et j'en suis fort content.

CREMON.

Mais , voila bien le Diable !
Voulés vous m'expliquer ce galimatias ?

ALBERT.

Hé bien, en premier lieu, c'est que l'on ne doit pas
Sur de legers motifs , pour des traits de jeunesse ,

Refuser à son fils une juste tendresse,
Dans d'honnêtes desirs chercher à le barrer,
Ni venir contre lui, tout haut, se déclarer.

CREMON.

Se déclarer ? comment ! je devois donc me taire,
Et quand il vous trahit, vous en faire un mistere ?

CARLIN *bas à Albert.*

Il insiste toujours.

ALBERT.

En second lieu, Monsieur.
Si vous ne pouviés vaincre une pareille aigreur ;
Au moins, vous auriés dû paroître plus sincere
Avec nous ; avec gens dignes qu'on les révere ;
D'un aveu spécieux ne pas nous amuser,
Voulant à cet himen vous venir opposer.

CRÉMON.

Vous verrés que c'est moi ! Parbleu ceci me passe,
A quoi donc pensés vous ?

ALBERT.

Ah ! finissons de grace.

CARLIN *à part.*

Vous ne l'avouerés pas ; mais on s'en doute bien,

ALBERT.

Un plus long examen ne serviroit à rien.

CREMON,

CREMON.

Mais , encore une fois , quel sujet vous oblige ?....

ALBERT.

Eh , mon Dieu ....

CREMON.

Vous croyés ....

ALBERT.

Laissons cela , vous di-je.

CREMON.

Vous avés donc juré de me pousser à bout ?

ALBERT.

Sans un pareil détour , on pouvoit rompre tout.

CREMON.

Vous me feriés .....

CARLIN.

Messieurs....

CREMON.

Je perdrai patience.

ALBERT.

Je suis très-offensé.

CARLIN.

Point tant de pétulance.
On ne tient pas toujours ce que l'on a promis ,

G

Et pour cela faut-il être moins bons amis?

C R E M O N.

N'est-ce pas ce pendart? .... car il n'est pas possible,
Albert, que vous croyés ....

A L B E R T.

    La chose est trop visible;
Et c'est ce que, de vous dans l'instant, je pensois:
Est-ce là cet ami que je vis autrefois!

C R E M O N.

Oh dites donc toujours.

A L B E R T.

    Oui, je dirai sans cesse.
Comment interpréter un trait de cette espéce?
D'une inconstance en l'air vous taxés votre fils;
Vous venés l'accuser de nous avoir trahis;
Prié d'examiner la chose plus à l'aise,
Vous n'en démordés point. Pour moi, ne vous déplaise,
Qui sans dessein secret, qui, sans prévention,
Regarde tout ceci: je vois sa passion.
Je vois qu'il est toujours tendre, constant, fidéle,
Et qu'il jure à Mélite une ardeur éternelle.

C R E M O N.

Ma foi, vous aurés vû tout ce qu'il vous plaira.
Quand il dira qu'il aime, & qu'il le jurera,
J'en serai fort content. Mais vous ne sçauriés faire
Qu'il n'ait montré tantôt un sentiment contraire:

Chacun voit ce qu'il voit. J'ai de bons yeux aussi.
Il extravague donc, si la chose est ainsi,
Puisque de son objet il s'éloigne lui-même,
Qu'il semble indifférent dans le moment qu'il aime,
Qu'il souffle, en même tems, & le froid & le chaud.

CARLIN *bas.*

Il faudroit des témoins pour nous mettre en défaut.

ALBERT.

Il paroît.

CREMON.

C'est un fait.

ALBERT.

Tachons de nous instruire.

SCENE III.

ACANTE, CREMON, ALBERT, CARLIN.

CREMON à *Acante.*

Voyons, voyons. Venés. Que diable va-t-il dire ?

ALBERT.

Ecoutés-le du moins.

ACANTE.

Moi ? je tremble, je crains,
Ne pouvant clairement démêler vos desseins.

Peut-être est-ce un refus de votre part ? Peut-être
Est-ce un mal entendu qu'un hazard a fait naître ?
Et j'ai, dans ce cas là, tout autant de douleur,
Puisque sur un soupçon, avec tant de chaleur,
De mes mœurs, vous tracés l'image la plus noire,
D'une & d'autre façon, n'ai-je pas lieu de croire
Que vous me haïslés ?

CARLIN *à mi-voix.*

Sans doute.

CREMON.

Quoi ! tantôt,
Quand je me disposois à finir au plutôt,
Vous n'avés pas dit ?....

CARLIN.

Non.

CREMON.

Expliquons nous, de grace,
Vous ne m'avés pas dit, en me parlant en face,
Qu'il falloit différer ?

CARLIN.

Pas un mot de cela.

CREMON.

Lorsque j'ai demandé, sur ce beau discours là,
Si vous rompiés ? Pourquoi ? ce que vous vouliés faire ?
Vous n'êtes pas sorti disant qu'une autre affaire ?....

CARLIN *plus haut.*

Nous n'avons pas ouvert la bouche.

CREMON.

Mais j'entens,
Je pense, ce coquin ? Souffrirai-je long-tems ?
N'est-il pas, dans ce lieu, de justice ? ....

CARLIN.

Tarare.
Quand je devrois souffrir le sort le plus barbare :
Qu'on devroit m'empaler, en piéces me hacher :
J'aime mon maître, & rien ne m'en peut détacher.
A me taire il n'est rien, enfin, qui me contraigne.
Je n'y puis plus tenir. Pour lui le cœur me saigne.
C'est se vouloir servir de son autorité
Pour le faire parler contre la vérité.
Non content d'exercer votre humeur vengeresse,
Vous le voulés, encor, perdre par sa foiblesse.
Par tout on vous dira qu'il n'est ni bien ni beau
De lui jouer un tour de la sorte.

CREMON.

Ah ! bourreau !

ACANTE à *Carlin.*

Retire toi.

CREMON.

Le traître !

ACANTE.

Ou, garde le silence.

L' AMITIE' RIVALE,

à Cremon.

Si je vous ai fait voir autant d'indifférence.
Si des vrais fentimens dont mon cœur eft rempli,
J'ai marqué devant vous un fi parfait oubli :
Je fuis, je l'avoürai, je fuis, cent fois coupable.
Mais j'ofe vous le dire, il eft peu vraifemblable
Que jufques à ce point j'aye pû m'égarer.
Comment, fans en frémir, pourrois-je déclarer
Que je romps mes liens, quand mon cœur les adore;
Quand pour les refferrer, c'eft moi qui vous implore.
Quittés cette penfée, & devenés moins prompt
A faire à votre fils le plus injufte affront.
Croyés, Monfieur, croyés que l'objet qui m'enflame
Jufqu'au dernier foupir doit regner fur mon ame,
Croyés qu'aucun égard ne fçauroit altérer
Le violent amour qu'on m'a vû lui jurer,
Que je lui garde un cœur, paffionné, fidéle.
Eloignés, diffipés une erreur trop cruelle.
Pour la perdre encor mieux, hatés des nœuds fi doux.
C'eft la grace qu'enfin je demande à genoux.
Oui, pour ne plus douter de ma perfevérance,
Hatés vous de remplir ma plus chere efpérance.

C A R L I N.

Que lui répondra-t-il ?

A L B E R T *à Crémon.*

Cela n'eft point obfcur.
Vous vous ferés choqué fur un mot, j'en fuis fûr;
Et tout ceci ne vient que faute de s'entendre.

CREMON.

Je me suis donc trompé? Chacun peut se méprendre.
Soyons amis, Albert. Oüi, j'ai tort, j'en convien.
Plus bas.
Je vois. . . . . ma foi, je crains de ne voir encor rien.

ALBERT.

Votre prévention n'eut jamais de pareille.

CARLIN.

Il tente encore Albert, & lui soufle à l'oreille.

CREMON *à Acante.*

Si bien qu'il est donc vrai que vous voulés finir ? |

ACANTE.

Quand on desire un bien, craint-on de l'obtenir ?

CREMON.

Je n'ai plus rien à dire. Il faut vous satisfaire.
Allons, faisons venir promptement le Notaire.
Oublions le passé, nous finirons dans peu.

CARLIN *à part.*

Je serai bien surpris, il y va de bon jeu.

ALBERT *à Crémon.*

Goûtés donc, maintenant, une pleine allégresse.

CREMON *à Albert.*

Il ne manqueroit pas de contester sans cesse,

Et de me contredire en ce que je ferois ;
Car, quoique vous difiés, Albert, je le connois.
Des claufes du contrat décidons, je vous prie,
Tous les deux tête à tête, à notre fantaifie.
Le Notaire écrira ce dont nous conviendrons ;
Et quand tout fera prêt, fur le champ nous viendrons
Pour le faire figner, en toute diligence.

> ALBERT *haut, en regardant Acante*
> *qui témoigne confentir à tout.*

Je crois qu'il s'en rapporte à votre expérience.

> CARLIN.

Pourra-t-il inventer quelques nouveaux moyens ?...

> CREMON *à Carlin.*

Pour toi, fuis nous, je veux voir ce que tu deviens.

> CARLIN.

Je fuis bien aife auffi de voir ce que vous faites.

> *Il fuit Crémon & Albert.*

SCENE IV.

ACANTE *feul.*

PEut-on plus loin pouffer des fureurs indifcretes !
De ma part, au furplus, quelque diftraction
Aura de fon erreur été l'occafion.
Quand j'ai fuivi Clarice, une froide réplique

Aura

Aura pû lui paroître un refus autentique.

A quels dangers l'ami vient d'expofer l'Amant !
Ne fongeons qu'à Mélite , en cet heureux moment.
Livrons nous , fans réferve , aü bonheur qu'on m'aprête,
Tout fuccéde à mes vœux , il n'eft rien qui m'arrête,
Eh quoi ! fi Clarice aime , aimeroit-elle affés
Pour gémir en voyant mes feux récompenfés.
Non , non , de fa raifon , elle eft trop la maîtreffe,
C'eft un fantôme vain qu'a produit ma foibleffe ;
Et d'ailleurs je me fuis , envers elle , acquitté ,
Par le péril certain où je me fuis jetté.
Enfin fi , fur fon cœur , elle a fi peu d'empire ,
Je fuis maître du mien , & j'oferois lui dire
Que l'amour , le devoir m'ont dû déterminer.

Je voudrois qu'elle fçût que l'on va terminer ,
Afin qu'en apprenant le defir qui m'anime ,
Elle convînt , du moins , qu'il eft bien légitime.
Le hazard , à propos la conduit dans ces lieux.

✠✠✠✠✠✠✠✠✠✠✠✠✠✠✠✠✠✠✠✠✠✠✠✠

SCENE V.

CLARICE, ACANTE, LISETTE,

CLARICE.

JE faifis un inftant qui m'eft bien précieux ,
Puifqu'encor , fans témoin , je puis vous voir , Acante.
Souffrés que cette fille , au refte , foit préfente.
Sur des dehors trompeurs s'abufant comme vous ;
Qu'elle écoute. Il eft tems de nous détromper tous.

H

J'apprens ce qui se passe, & je vois avec peine
Qu'un respect déplacé vous retient & vous gêne.
Mais qui fait naître en vous un pareil préjugé,
Et dans quels embarras vous a-t-il engagé ?
De combien de forfaits me rendés vous coupable ?
J'attire sur le fils une haine implacable ;
Je dérobe l'Amant aux liens les plus doux,
Je suspens le bonheur de deux tendres Epoux.
Est-ce donc là Clarice ? est-ce là cette amie,
Par qui votre union devroit être affermie ?
Je ne vous dis qu'un mot. Quittés un vain soupçon
Qui nuit à votre amour, & blesse ma raison.
A la seule amitié mon ame fut sensible.
De sentimens plus vifs, si j'étois susceptible
Cette raison, du moins, est si fort au dessus
Qu'ils seroient étouffés aussitôt que conçus.

A C A N T E.

Pardonnés moi, Clarice, un soupçon téméraire
Que trop facilement l'amour propre suggére.
J'ai crû dans vos discours trouver un sens caché :
Ce sens se refusoit, c'est moi qui l'ai cherché.
J'entrevois seulement que vous avés pû craindre
Qu'un feu tumultueux, soudain, ne vînt éteindre
Ce feu tranquile & pur qui regnoit entre nous.
Une crainte si tendre est bien digne de vous :
Mais, vous deviés, sçachant combien vous m'êtes chere,
Ne me pas regarder comme un ami vulgaire.

Mes desirs sont comblés ; puisqu'enfin, en ce jour,

Mon cœur peut acquitter ce qu'il doit à l'Amour,
Sans que notre amitié s'en trouve refroidie.

CLARICE.

Cependant tout languit. Déja, de perfidie
Mélite vous accuse, & Crémon irrité
Montre, plus que jamais, son animosité.
Quand tout semble assurer votre bonheur extrême,
Je sçais que vous risqués de vous perdre vous-même.

ACANTE.

Mélite m'accusoit; & mon pere, témoin
D'un trouble, qu'à couvrir, j'ai pris trop peu de soin,
Me déclaroit, déja, traître, ingrat & volage :
Mais le calme à la fin, succéde à cet orage.
Tout, à present, Madame, est réconcilié.

CLARICE.

Ah ! vous vous êtes donc enfin justifié ?
Vous avés sçu prouver que vous étiés fidéle
Que vous aimiés Mélite & que vous n'aimiés qu'elle,
Vous avés protesté que rien ne balançoit
Les légitimes feux dont votre cœur brûloit ?

ACANTE.

Après un discours vague, & quelque résistance,
Oui, Mélite a repris toute sa confiance.
Aux instances d'Albert mon pere s'est rendu.
Il a daigné m'entendre, & l'himen est conclu.

H ij

CLARICE.

Ainſi donc, aujourd'hui, l'affaire ſera faite?

ACANTE.

Dans le moment, Madame.

CLARICE.

Ah! ma joye eſt parfaite!
Que peut penſer Mélite en ne me voyant pas!
Il faut, pour l'embraſſer, que j'aille de ce pas....

ACANTE.

Si le jour ſe paſſoit ſans ce cher témoignage....

CLARICE *bas*.

Liſette, ſoutiens moi.

ACANTE.

Vous changés de viſage?....

CLARICE.

Que vois-je?..

LISETTE.

Qu'avés vous? & qui vous trouble ainſi?

CLARICE.

Que devient ma raiſon! éloigne moi d'ici.

ACANTE.

Clarice?... Quel objet à mes yeux ſe préſente!
Clarice?.. Répondés. Quoi! je vous vois mourante!

CLARICE *après un inſtant de ſilence*.

Hé bien, je répondrai, puiſque de vains efforts

Loin de les étouffer, trahissent nos transports.

Que devient cet orgueil, & cette suffisance
Qui me faisoit compter sur ma propre prudence!
Non, Clarice n'est pas ce que vous la croyés.
C'est une foible Amante, ici que vous voyés;
Une esclave livrée aux plus mortelles peines,
Qui croyoit à jamais avoir brisé ses chaînes,
Et qui rentre à jamais dans la captivité.

Qu'esperai-je? Voilà cette fatalité
Qui toujours, en aimant, m'a si bien poursuivie.
C'est par elle, déja, qu'une fois, dans ma vie,
De mes parens cruels j'ai vû l'ambition
Méprisant, immolant mon inclination,
Me donner un époux qui n'eut point ma tendresse;
Et que depuis, étant de moi-même maîtresse,
Et lorsque je pouvois disposer de mon cœur,
D'un semblable pouvoir éprouvant la rigueur,
Mon Amant fut contraint de prendre une autre chaîne.
Frapée, en peu de tems de cette double peine.
Je regardai l'amour comme un monstre odieux,
Et jurai de le fuir en tous tems, en tous lieux.

De la vertu pourtant, du vrai mérite éprise:
Une pure amitié sembla m'être permise.
Je crus pouvoir goûter ses innocens plaisirs.
Je vous vis: vous aviés conçû mêmes désirs.
Ces résolutions sages & raisonnées
Sont de foibles remparts contre nos destinées!
Enfin voyés combien nous avons pris, tous deux,
Une route éloignée, & contraire à nos vœux;
Vous aimés, j'aime aussi, mais quelle différence?

Vous vivés de vos feux & de votre espérance.
Un himen solemnel couronne vos ardeurs ;
Je vous perds pour jamais, Acante ; & je me meurs.
Car l'état où je suis me défend le mistere,
Il ne me permet plus de n'être pas sincere.
En signant cet accord qui doit tout terminer,
Ingrat, c'est mon arrêt que vous allés signer.
Poursuivés. Que l'aveu d'une imprudente flâme,
Quand il n'en est plus temps, n'ébranle point votré ame.
Une immuable loi dicte votre devoir,
Une immuable loi m'arrache tout espoir.
Je n'attens rien du sort. Ma mort est décidée.

L I S E T T E à part.

Je m'en retournerai bien peu persuadée.

Clarice se retire en s'appuyant sur Lisette.

━━━━━━━━━━━━━━━━━━━━━━━

SCENE VI.

A C A N T E seul.

O Ciel ! c'en est donc fait. Que vais-je devenir ?
Mon cœur est déchiré. Je ne puis soutenir
L'image qu'offre aux yeux cette douleur amére.
Il faut tout avouer. Je vais… Que vais-je faire ?
Quand ses rares vertus, son mérite parfait
Ne m'auroient point touché : doit-on moins à l'objet
De qui l'on est aimé, qu'à celui que l'on aime !
Ah Clarice ! Ah Mélite ! Ah quelle peine extrême !

Si je différe encor, je vais tout renverser;
Et mon trépas est sûr; mais dois-je balancer?
Eh! ne vaut-il pas mieux que je perde la vie,
Que d'exposer les jours d'une si chère amie!
Cependant on vient. Ciel!

****

SCENE VII.

CREMON, ALBERT, LE NOTAIRE, ACANTE, CARLIN.

CREMON *au Notaire.*

Allons, voyons, Monsieur.
Présentés le contrat, lisés-en la teneur.
à Acante.
Vous avés eu le tems de rêver à votre aise,
De réfléchir, en cas de quelque sinderése.

ALBERT *souriant.*

Je crois que, sans rien lire, Acante signera,
Et son empressement....

CREMON.

Ah! comme il lui plaira.
Allons.

ACANTE.

Mon Pere.....

CREMON.

Quoi?

ACANTE.

Je.....

CREMON *à part.*

Le tour seroit drôle.

Si.....

CARLIN *courant à Acante.*

C'est un vrai contrat. Signés sur ma parole.

ACANTE.

J'en mourrai de douleur; mais, je ne puis.

Il rentre.

SCENE VIII.
CREMON, ALBERT, CARLIN,
LE NOTAIRE.

CREMON *riant avec éclat.*

HE bien ?
Le voilà donc lui-même. Oh parbleu.....ce n'est rien.
Non. C'est moi qui me trompe. Eh, oui. C'est moi , vous
di-je.
C'est moi qui me préviens.

CARLIN.

Quel diable de vertige ?

CREMON.

CREMON.

Oh ! parbleu, pour le coup, vous n'en douterés plus;
Vous en êtes témoin.

CARLIN.

Je demeure perclus;

ALBERT.

Ce que je vois ici passe toute croyance;

CREMON.

Non, piqués vous encor de vanter sa constance;

ALBERT.

Je suis, autant que vous, déconcerté, surpris ;
Et je vous plains, Crémon, d'avoir un pareil fils.

LE NOTAIRE.

Quant à moi, je ferai, quand je devrois déplaire ;
Une observation que je crois nécessaire ;
Et je tiens pour certain qu'un pere ne doit pas
Violenter son fils, dans un semblable cas.

CREMON.

Que dit-il ?

LE NOTAIRE.

Je conviens qu'une beauté divine
Est bien propre à fixer : mais, le goût détermine ;
Et comme il n'est point là de clause de six mois,
Il faut que le preneur soit libre dans son choix.

I

CREMON.

Eh lui   demande, ici, votre avis ?

LE NOTAIRE.

Les Parties,
Par l'Officier public, doivent être averties.
Et nous devons, parfois, réprimer les abus,
Et les obseſſions qui ſont contre les Us.

CREMON.

Contre les Us. Fort bien ; que le diable t'emporte.
Il ne me falloit plus qu'un cauſeur de la ſorte.
Bon ſoir. Et, s'il ſe peut, que l'on me laiſſe en paix.

*Albert qui s'étoit un peu écarté ſe retire
de même que le Notaire & Carlin.*

SCENE IX.

CREMON *ſeul.*

L'Impudence eſt portée à ſon dernier excès.
Voilà ton fils, Grémon ! Ton fils, eſt-il poſſible ?
Cet homme dur, ſans foi, faux, incomprehenſible ?
Quelle ſombre fureur, quel goût ſi dépravé
L'éloigne d'un objet d'un mérite achevé.
Oui, d'une jeune enfant belle, & toute charmante,
Sur qui tombe bien mal cette injure ſanglante.
Laiſſons à part, ſon bien, ſon nom, ſa qualité.
Qu'on la voye un moment, on en eſt enchanté.

Que de graces ! des yeux tendres & pleins de flâme.
Un son de voix touchant qui perce jusqu'à l'ame.
Un petit air coquet, enfantin, délicat !
Un teint ! une taille ! une… ah ! peste soit du fat.
Encore si j'avois, en semblable occurence,
Un second fils qui pût réparer cette offense
Qui s'offrît d'épouser cet objet plein d'appas ?….
Mais, non. Voyons Albert. Que faire en pareil cas ?

Il entre chez Albert.

Fin du troisiéme Acte.

ACTE QUATRIEME

SCENE PREMIERE.

LISETTE seule.

Quand ma maîtresse veut devenir la victime
D'un amour innocent qui lui paroît un crime,
Dois-je rester tranquille, & la laisser mourir ?
N'est-il pas un moyen qui peut la secourir ?
Eh quoi ! vit-on jamais de Suivantes müettes,
Et veux-je être aujourd'hui l'opprobre des Lisettes,
Non, servons la. Parlons. Il est de mon honneur
Que par un trait hardi, je fasse son bonheur.
Acante hésite encor. La victoire balance,
Un rien peut bien ou mal faire tourner la chance.

    Le Pere tout rêveur se proméne ici près.
Tâchons dans son esprit de trouver quelqu'accès.
Bon. Le voilà qui vient. Dévoilons le mistere.

SCENE II.

CREMON, LISETTE.

CREMON sans voir Lisette.

Je ne sçais où je vais, ni ce que je dois faire,
Tant je suis accablé par cet évenement.

Albert ne peut fortir de fon étonnement,
Et nous nous regardons fans fçavoir que nous dire.
A travers tout cela ; je me fonde, & j'admire
Quelle plaifante idée....

Voyant Lifette lui faire des révérences.

        A qui donc ? Eft-ce à nous ?

Continuant.

Ma foi, je crois qu'ici nous extravagons tous.
Oüais ! à me faluer cette fille s'obftine.

L I S E T T E.

Je vous fuis inconnuë, à ce que j'imagine.

C R E M O N.

Je l'imagine auffi.

L I S E T T E,

    Je fers, ici, Monfieur,
Une Dame de nom, riche, pleine d'honneur,
Voifine de Mélite, & de plus fon amie.

C R E M O N.

Hé bien ?

L I S E T T E,

    Je viens à vous. Trouvés bon, je vous prie,
Que je vous communique un fait particulier.
Ce qui fe paffe ici vous paroît fingulier.
Vous blamés votre fils, vous le trouvés coupable.
Sa conduite eft pour vous bizarre, inexplicable.

C R E M O N,

Oui, très-inexplicable,

LISETTE.

Oh ! vous l'expliquerés,
Je l'espere, Monsieur : Quand, d'abord, vous sçaurés
Que cette Dame riche, & digne qu'on l'estime,
Ainsi que de Mélite, est son amie intime.

CREMON.

Son amie ?

LISETTE.

Oui : du moins, selon ce que j'ai vû :
Je les crois fort unis. Ils m'ont toujours paru
Vivre d'une façon entr'eux très-familiere.
Or l'on sçait qu'entre gens dont le sexe differe,
Et sur tout, entre gens bien nés & bien appris,
Familiarité n'engendre pas mépris.

CREMON.

Non. Que me dites-vous ?

LISETTE.

C'est la verité pure.
Et, pour vous en parler avec plus d'ouverture,
Sçachés de moi, Monsieur, que jamais on ne vit
Un accord plus parfait & de cœur & d'esprit.
Je ne sçais dans quel tems ils ont fait connoissance,
Ni comment dans leurs cœurs l'amour a pris naissance.
Mais, ma Maîtresse étant retirée en ces lieux,
Acante y vient souvent. Un démêlé fâcheux
L'ayant, depuis deux mois, éloigné de la Ville.
Il a d'abord, ici, fixé son domicile.

Contens, libres de soins dans cet heureux séjour,
Ils n'ont jamais manqué de se voir un seul jour,
L'instant qui les rassemble étant toûjours trop rare;
Trouvant toujours trop long l'instant qui les sépare.

J'ai, parfois, entendu leurs entretiens secrets,
Que d'aimables transports ! que de tendres souhaits !
Quelle conformité de desirs, de pensées !
De leurs plaisirs présens, de leurs peines passées,
Se faisant l'un à l'autre, un détail innocent,
L'un est toujours touché de ce que l'autre sent.
De leur societé la douceur infinie,
A qui n'aimeroit pas, en donneroit l'envie.
Enfin s'aimans tous deux, & s'aimans à tel point
Que, quoique vous tentiés, Monsieur, n'esperés point
Que jamais votre fils à quelqu'autre s'unisse.
Ce seroit exiger un trop dur sacrifice.
Voilà ce que j'ai cru devoir vous confier.

CREMON.

Ce fait, je vous l'avouë, est très-particulier.
Oh, oh, oh. Mais la belle, étant si bien instruite,
Nous débrouilleriés vous encor mieux sa conduite :
Nous diriés vous pourquoi, la chose étant ainsi,
Il demande Mélite, & fait l'Amant transi ?

LISETTE.

Helas ! que voulés vous, Monsieur, que je vous dise ?
Le plus sage parfois peut faire une sottise.
Vous sçavés bien qu'il est de malheureux momens;
Et qu'un rien peut brouiller les plus parfaits Amans.
Ce rien paroît un monstre. On s'aigrit, on s'offense.

Dans un jour de couroux, de méfintelligence ;
A Mélite, fans doute, il en aura conté.
On reçoit fon hommage, il fe voit écouté.
D'un côté, le dépit, la froideur continuë ;
De l'autre tout lui rit. Il parle, il s'infinuë.
Il fe croit libre, il forme un autre engagement,
Il va jufqu'à vouloir votre confentement.
Il l'obtient ; tout répond à cette tentative.
Tout n'y répond que trop. L'heure fatale arrive ,
Et c'eft dans le moment de la conclufion
Qu'il fent renouveller toute fa paffion.
Il voit alors, il voit fa perte décidée,
Que faire ? Car enfin Mélite eft demandée.
Vous venés cimenter ce lien folemnel.
La foi, le point d'honneur, le refpect paternel
Dans fon cœur, quelque tems balancent fa tendreffe.
Mais peut-il fe réfoudre à tenir fa promeffe,
De ce nouvel himen peut-il voir les apprêts ?
Quand il fent qu'il va perdre, & perdre pour jamais
Son efpoir le plus cher, l'unique objet qu'il aime,
Quand ma Maîtreffe en pleurs, lui reproche elle-même
Ce brufque procédé qu'elle ne conçoit pas ;
Quand cette trahifon doit caufer fon trépas :
Le peut-il, dites-moi ?

C R E M O N.

Voila donc l'encloüeure !

Bon, je trouve mon homme en fort belle pofture,
Quel diable d'étourdi ! cette Dame, vraiment ,
A fujet de fe plaindre, & véritablement

Une

Une autre , en pareil cas , agiroit tout comme elle.

LISETTE.

Que peu de chofe , helas ! rend un homme infidéle !

CREMON.

Il fuffit.

LISETTE.

Mais au moins….

CREMON.

Allés.

LISETTE.

Vous voudrés bien
Dans tout ceci , Monfieur , ne me commettre en rien.

CREMON.

Eh ! non.

LISETTE.

Quoique ce foit leur rendre un bon office ,
Les Maîtres , bien fouvent , prennent le benéfice ,
Et pour le *décorum* puniffent leurs Valets ,
Sans regarder qu'ils font les auteurs du fuccès.
D'une bonne action je me verrois punie.

CREMON.

A votre égard , comptés fur le fecret , ma mie.
Vous avés fort bien fait. Seulement ayés foin
Qu'on fçache où vous trouver , s'il en étoit befoin.

Lifette rentre.

K

SCENE III.

CREMON *seul*.

LA cause est donc connuë! & Mélite offensée
Essuyra cet affront? Quoi! quelle est ma pensée?
Il se mêle un desir qui revient, qui s'accroît.
Voyons jusques au bout. Il faut…. Albert paroît.
Comment recevra-t-il cette étrange nouvelle?

SCENE IV.

ALBERT, CREMON.

ALBERT.

CErtes, ce n'est pas là ce que j'attendois d'elle.
Je suis au désespoir. Ami je vous cherchois.

CREMON.

Hé bien, Albert, ce fils que, tantôt je blamois,
Dont, tantôt, contre moi vous preniés la défense,
Que vous avés depuis taxé d'extravagance ;
Cet homme inexplicable à la fin se comprend ;
Et lorsque vous sçaurés d'où la chose dépend,
De sa part, vous verrés qu'il ne faut rien attendre.

ALBERT.

Je n'ai, je l'avourai, besoin de rien apprendre.

Il s'eſt ſuffiſamment fait connoître aujourd'hui,
Et ſon dernier refus parle aſſés contre lui.
Mais ce qui m'interdit, & confond ma prudence,
Et ce dont, comme ami, je vous fais confidence,
C'eſt que Mélite marque, en cette occaſion,
Bien plus d'étonnement que d'indignation.
Je vois qu'elle aime encore, & qu'elle ne peut croire.....

C R E M O N.

Oh ! dès qu'elle ſçaura le fond de cette hiſtoire,
Ce penchant genereux, ce reſte de bonté
Sans doute va bien-tôt ceder à ſa fierté.
Vous ne me croyés plus prévenu ni capable
De vous noircir mon fils quand il n'eſt point coupable.
Sçachés donc en deux mots, ſçachés qu'aimant ailleurs,
Il vous a déguiſé ſes ſecretes ardeurs.
Dans un jour de dépit, dans une brouillerie,
Conduit par la fureur, & par l'étourderie
Aux pieds d'une beauté raviſſante d'attraits
Il a feint un amour qu'il ne ſentit jamais.

A L B E R T.

Il aime ailleurs ?

C R E M O N.

Aimer ! ce n'eſt pas aſſés dire.
Du miſtére ſecret quelqu'un a ſçu m'inſtruire,
Et ſuivant ce qui vient de m'être confié,
Par quelqu'engagement il faut qu'il ſoit lié.

A L B E R T.

Juſte Ciel ! eh qui donc aime-t-il, je vous prie ?

K ij

CREMON.

Une Dame voifine, & qui fe dit amie......

ALBERT.

C'eft Clarice.

CREMON.

Clarice?

ALBERT.

Il n'en faut point douter.

CREMON.

Par honneur il voudroit, envers vous, s'acquitter.
Mais ce feu qui foudain renaît, fe dévelope,
Fait que le Damoifeau pâme, & tombe en fincope.

ALBERT.

L'étroite liaifon, qui les unit toujours,
Ne confirme que trop un femblable difcours.
J'avois même déja foupçonné ce miftére.
Mais je ne croyois pas qu'il fût fi téméraire
Que de feindre un amour....

CREMON.

Je vous en vangerai.
Il vous le payera cher, ou bien je ne pourai.
Mais, Albert, croyés moi, la perte eft réparable.
D'autres rechercheront cet objet adorable :
Ma foi, ne prenés point la chofe fur ce ton,
Qu'aux pieds de fon Aftrée aille ce Céladon,
Qu'il aille. Imités moi. Riés de l'avanture.

D'abord je déclamois contre son imposture.
Je m'attristois beaucoup ; je m'en mocque à présent ;
Et tout ce que je vois me paroît très-plaisant,
Très-plaisant.

ALBERT.

Que la vie est pleine de traverses !

CREMON.

Oui, la vie est sujette à des peines diverses.
Mais elle a ses plaisirs. A l'égard du chagrin,
Il le faut adoucir par un esprit benin,
Souple, enjoué, facile ; une humeur libre & saine.
Et par ma foi, l'on n'a de plaisir & de peine
Que ce que l'on s'en fait. Pour vous prouver cela,
L'autre jour...., oh je veux vous dire celui-là.

ALBERT.

Hé bien ?

CREMON.

J'eus l'autre jour une surprise aimable.
Un plaisir bien naïf.

ALBERT.

Comment ?

CREMON.

bien agréable.
Je n'étois pas certain de l'âge que j'avois,
Et je croyois compter soixante ans bien complets.
Sur ce point, aussitôt, voulant me satisfaire,
Je pris, le croiriés vous ? je pris mon Baptistaire.

K iij

Je vis que je n'en ai que cinquante-cinq.

ALBERT

mais

Vous êtes bien portant, & plus frais que jamais.

CREMON,

Vous voulés me flater.

ALBERT,

Et les gens de votre âge . . . .

CREMON,

Quoi ?

ALBERT.

Sont encor du monde.

CREMON,

Eh ! mais sans badinage,

J'apprens que, tous les jours, de mes contemporains
Pour se remarier sont encore assés vains.
Par exemple, aujourd'hui, la chose est chatoüilleuse.
Vous avés une niéce aimable, vertueuse ;
Un étourdi l'offense, & lui manque de foi ;
Je suis persuadé que bien d'autres que moi
Se rempliroient l'esprit de mille extravagances,
Concevroient là-dessus, de belles espérances,
Et vous diroient : Mon cher, mon ancien ami,
Qu'avec tant de plaisir je revois aujourd'hui.
Vous que j'ai tant connu, jadis, en Angleterre,
Vous dont l'affection, l'estime m'est si chere :

De mon traître de fils l'injurieux refus,
Vous pique avec raison, & j'en suis tout confus :
Mais je puis réparer une action si folle :
Je puis, si vous voulés, acquitter sa parole.
Oh ! ils vous le diroient. Que répondriés vous ?

ALBERT.

Mais ....

CREMON.

Ne diriés vous pas que ces gens là sont fous.

ALBERT

Pourquoi donc ?

CREMON.

Oh ! pourquoi ? Parlés avec franchise

ALBERT.

Je dirois franchement que, quoique très-soumise,
Ma niéce, sur son choix, doit seule prononcer,
Et que je ne puis pas là-dessus la forcer :
Mais que je la croirois fort heureuse, & fort sage,
De se déterminer pour un tel mariage.

CREMON.

Est-il possible , Albert ?

ALBERT.

Oui , soyés en certain.

CREMON.

Vous avés toujours eu le jugement fort sain,
Vous ! la conception claire , distincte , nette !

ALBERT.

Oui, je l'y porterois, & je vous le répete.

CREMON.

C'est beaucoup que cela. Quiconque y prétendroit,
De cette intention, très-fort, se prévaudroit.

ALBERT.

Je voudrois qu'elle pût goûter le vrai mérite,
Et fuir des jeunes gens le langage hypocrite.

CREMON.

Pour que de certains soins eussent un certain prix,
Il conviendroit, d'abord, qu'elle oubliât le fils.

ALBERT.

C'est ce que sa raison devroit lui faire entendre.

CREMON.

C'est ce qu'on ne doit pas, probablement, attendre.

ALBERT *prenant la main de Crémon.*

Si quelqu'un y pensoit bien sérieusement :
On verroit, mais ceci veut du ménagement.

CREMON.

J'en conviens avec vous. L'affaire est délicate,
Cependant que sçait-on? quelquefois on se flate.

ALBERT.

Taisons nous, & pour cause.

SCENE

SCENE V.

MELITE, ALBERT, CREMON.

ALBERT *à Mélite.*

Approchés, approchés.
Venés, Mélite.

MELITE *regardant de côté & d'autre.*

Helas !

ALBERT.

Celui que vous cherchés
De vos tendres regrets, Mélite, n'est pas digne.
Je vous le dis encor.

MELITE.

L'affront le plus insigne,
Le coup le plus mortel qu'on puisse recevoir,
M'étoient donc réservés ? Puis-je le concevoir ?
Eh ! comment supposer une ame aussi parjure,
Dans celui qui fait voir une flâme aussi pure ?
Non, Acante est fidéle. Un pouvoir inconnu
Jusqu'ici, malgré lui, l'a toujours retenu.
Il est trahi, contraint ; on a juré sa perte.

ALBERT.

Ne vous en flatés pas. La cause est découverte.

M E L I T E.

La cause est découverte?

A L B E R T.

Ayés plus de fierté.

Celui, que vous loüés de sa fidélité ;
Ne vous aima jamais. Perdés en la mémoire.

M E L I T E.

Mais, se peut-il, Monsieur?....

A L B E R T.

Oui.

M E L I T E.

Je ne puis le croire.

CREMON à Mélite qui paroît rêver,
& ne le point écouter.

C'est donc à moi, Madame, à vous en assurer.
Mais comment devant vous, pourrai-je proférer
Qu'on vous manque de foi, que vous êtes trahie ?
Se peut-il que mon sang jusqu'à ce point s'oublie ?
Je ne puis concevoir que vos rares appas
Soient ainsi méprisés.... vous ne m'écoutés pas ! ...

Carlin vient tout doucement pendant qu'il parle
se mettre à ses genoux, & les embrasse.

'Ah ! si vous connoissiés l'excès de son audace !....
Que me veut ce pendart ?

SCENE VI.

MELITE, ALBERT, CREMON, CARLIN.

CARLIN.

PArdonnés-moi, de grace;
Si je vous interromps, je viens à vos genoux.
Mon Maître jusqu'ici m'a trompé comme vous.
Je quitte son parti : pour vous je l'abandonne.
Vous êtes la candeur elle-même en personne,
Oui, la candeur sans doute.

CREMON.

     Ah ! le fourbe parfait !

CARLIN.

J'ai, je le sçais fort bien, l'air d'un mauvais sujet :
Mais j'ai l'ame très-droite. Ennemi du caprice,
Mon Ascendant me porte à suivre la justice.

CREMON.

Ne nous interromps plus. Va, va, retire toi.

CARLIN.

Sous votre bon plaisir, Monsieur, écoutés moi.
Furieux, agité, mon pitoyable Maître,

L ij

Pour la derniere fois, voudroit ici paroître.
Il voudroit voir Madame.

CREMON.

Il est bien effronté!

CARLIN.

Accordés sa demande, ayés cette bonté.
   à Albert.
Et vous aussi, Monsieur, n'allés pas le contraindre,
Car, entre nous, il est moins à blâmer qu'à plaindre.
Quelque mal le tourmente, & j'apréhende fort
Que ce ne soit en lui, l'effet de quelque sort.

CREMON.

Oh! il n'en mourra pas. Va.

MELITE *à Albert.*

Si je vous suis chere,
Ne me refusés pas la grace que j'espére.
Permettés qu'un moment, il me puisse parler;
Que son cœur devant moi, puisse se dévoiler,
Et que la verité me soit enfin connuë.

ALBERT.

Je le veux, & bien-tôt vous serés convaincuë....

CREMON *à Albert.*

Quoi donc, vous souffrirés?....

ALBERT.

Oui laissons le venir.

Mélite m'en conjure, & veut l'entretenir.
Elle peut s'éclaircir.

CREMON à *Albert*.

Pourquoi veut-il paroître ?
Quel peut être son but !

ALBERT à *Crémon*.

Il veut faire connoître,
Sans doute, les raisons qu'il a de refuser.
Par politesse, il vient lui-même s'excuser.
Ne nous écartons point : pour peu qu'il se déguise,
Et qu'il ose tenter encor quelque surprise :
Bien informés des faits, nous le réprimerons.

CREMON.

Mais....

ALBERT.

Laissés, vous dis-je, & nous y pourvoirons.
Il vient. Eloignons nous, un peu.

CARLIN *voyant venir Acante*.

Sa frenésie,
Ce me semble, a changé sa phisionomie.

*Albert, Crémon & Carlin se retirent
dans le fond du Theâtre.*

✷✷✷✷✷✷✷✷✷✷✷✷✷✷✷✷✷✷✷✷✷✷✷✷✷✷✷✷✷✷

SCENE VII.

ACANTE, MELITE, ALBERT

CREMON ET CARLIN, *dans le*
fond du Theâtre.

A C A N T E *sans voir ceux qui sont sur la Scene.*

D Ieux ! quel aveuglement ! Malheureux , qu'ai-je fait ?
Puis-je cesser d'aimer ? Téméraire projet !

M E L I T E *à part.*

L'excès de sa douleur me dit qu'il aime encore.

A C A N T E *ayant apperçu Mélite , &*
après s'être jetté à ses pieds.

Est-ce vous que je vois, cher objet que j'adore ?

M E L I T E.

Où tendent ces transports ? sur quoi sont-ils fondés ?
Ah! qu'ils s'accordent mal avec vos procédés.

A C A N T E.

Je ferois, je le sçais, des sermens inutiles.
Mes propos seroient vains , & mes plaintes stériles.
Vous possedés , sans doute, & mon cœur & ma foi ;
Mais de trop forts soupçons combattent contre moi.
Pour me justifier , pour les pouvoir détruire,
Je n'ai qu'un seul moyen. Il faut donc vous instruire.

Des secrets déplaisirs qui troublent mon bonheur.

MELITE.

Que tardés vous ? parlés, & rassurés mon cœur.

ACANTE à part.

Que vais-je faire ?

MELITE.

Eh ! quoi vous craignés de m'apprendre
Ce qui vous justifie, & ce qui doit me rendre
Tranquille, satisfaite, & toute à mon Amant ?
Le tems presse, parlés : vous n'avés qu'un moment.
Hé ! qui donc contre nous en secret se déclare ?
Est-ce Albert, ou Crémon ? qui des deux nous sépare ?
Se fait-on un plaisir de nous voir désunis ?

ACANTE.

Ecoutés moi, Mélite. On doit pour ses amis,
S'oublier, s'immoler, sacrifier sa vie.
C'est une éxacte loi qui doit être suivie.
Moi, je trahis les miens ; &, dans l'instant je vais,
Contre un devoir sacré, reveler leurs secrets.
Seul je m'immolerois à cette loi suprême.
Mais vous m'êtes cent fois, plus chere que moi-même ;
Et vous sacrifier, ne m'est pas un devoir.

MELITE.

Un semblable discours ne se peut concevoir.
Ce silence affecté me devient un suplice.
Cher Acante, parlés.

A C A N T E.

Vous connoiſſés Clarice.

M E L I T E.

Clarice ? hé bien !

A C A N T E.

Son cœur, prompt à ſe révolter ;
Renferme un feu ſecret qu'elle ne peut dompter.
Cette amie, au moment que j'obtiens ma conquête,
Se meurt, gémit des nœuds que le ſort nous aprête.

M E L I T E.

Quoi, Clarice vous aime ? Ah ! je cherchois pourquoi
Elle marque aujourd'hui tant de froideur pour moi.
Je ne m'étonne plus....

A C A N T E.

Vous ſçavés quelle eſtime
Pour elle, j'eus toujours. Voilà d'où part mon crime.
Aux reſpectables droits d'une longue amitié,
S'eſt jointe, dans mon cœur une juſte pitié,
Je l'ai vûë expirante. Oſai-je vous le dire !
Touché, déconcerté, confus de ſon martire,
Oui, j'ai pû balancer, ma raiſon a fléchi.
Mais d'un reſpect fatal, pleinement affranchi,
Je viens....

M E L I T E.

N'en dites pas, Acante, davantage.

A C A N T E.

Je vous le ſacrifie.

MELITE.

MELITE.

Ah ! quittés ce langage.

ACANTE.

Quoi ! pourriés vous douter ?.... Ah ! le moindre délai,
La moindre incertitude est un crime, il est vrai :
Mais mon pardon m'est dû, Madame ; je l'implore,
Et si j'ai balancé....

MELITE.

Vous balancés encore.

ACANTE.

Quelle injustice ! ô Dieux !

MELITE.

Ingrat, c'en est assés,
A cacher votre amour, envain, vous vous forcés.
Elle aime, & vous aimés. Seroit-il bien possibl
Qu'un vain titre d'ami vous rendît si sensible ?

ACANTE.

Quoi ! vous me blamerés ?...

MELITE.

Si vous n'étiés épris,
Ingrat, des mêmes feux dont son cœur est surpris :
Si les mêmes ardeurs ne captivoient votre ame :
Que vous importeroient & Clarice & sa flâme ?
Quoi donc ? haïriés-vous ceux que vous ménagés ?
M

Perfide, aimeriés vous ceux que vous outragés ?
Qui le croira jamais ? Pourquoi, par quel caprice,
D'un cœur, déja donné, m'offrir le sacrifice ?
Par quel foible motif, par quel frivole égard
Redoubler des sermens échapés au hazard ?
Pourquoi même, à l'instant, plein d'une autre tendresse,
Devant moi, montrés-vous une fausse tristesse ?
Quel bizarre dessein ! Je lis dans votre cœur.
Vous esperés, par-là, sortir avec honneur,
De ces seconds liens que forma l'inconstance,
Et jouir des premiers, avec plus d'assurance.
Vous êtes dégagé, je vous rends votre foi.
Allés, ne paroissés de vos jours, devant moi.
Je le justifiois. Quelle étoit ma foiblesse !

A C A N T E.

Le croirai-je ? Est-ce à moi que ce discours s'adresse ?
Je vais jusqu'à trahir les secrets les plus chers.
Je crois, par cet aveu, me sauver, je me perds.
Quand je dois vous toucher, votre haine m'accable.
Mélite y pensés vous ? seriés vous implacable ?
Hé, quoi donc ! l'amitié n'a-t-elle pas ses droits ?

M E L I T E.

Elle a ses droits sans doute ; & si je vous en crois,
L'Amour n'a plus les siens, & n'est rien auprès d'elle.
L'amitié prend chés vous une forme nouvelle.
Le détour est grossier. L'amitié, selon vous
Doit animer nos cœurs des transports les plus doux.
Elle offre des liens parfaits, constans, durables ;

A la vie, à l'honneur des liens préférables.
L'autre est un sentiment foible, momentané,
D'irrésolution sans cesse accompagné ;
Qui permet le mépris, la trahison, l'outrage
Envers le triste objet avec qui l'on s'engage.
Je dirois, si j'avois, encore, quelqu'ardeur,
Soyés donc mon ami, puisque dans votre cœur.
La puissance de l'une est sur l'autre usurpée.

ACANTE.

Jusques à cet excès vous voir préoccupée !
Mélite, tout espoir est-il perdu pour moi ?

ALBERT *qui s'est raproché avec Crémon & Carlin.*

Quel est-il votre espoir ?

ACANTE.

Ah ! qu'est-ce que je voi ?

CREMON.

Oui, que prétendés vous ?

ALBERT.

Laissés là l'artifice.
En trompant cet espoir, elle vous rend service.
Nous sçavons tout, Monsieur, ne vous déguisés plus,
Des égards plus outrés deviendroient superflus.

CREMON *riant.*

L'amitié ! comme a dit fort bien Mademoiselle,
Lé détour est plaisant & l'excuse nouvelle.

Je l'ai bien entendu. L'amitié ! l'amitié !
Va mon pauvre garçon , ma foi , tu fais pitié.

ALBERT.

Vous avés defiré de voir encor Mélite.
Votre honneur l'exigeoit ; mais ce foin vous acquite.
A faire l'impoflible on ne vous contraint pas.
Nous fçavons bien , Monfieur , quel eft votre embarras.
Outre que l'on n'eft point maître de fa tendrefle ,
Vous vous êtes , dit-on , engagé par promefle.

ACANTE *avec vivacité.*

Moi , Monfieur ?

CREMON.

Oh ! tout doux , ne faites point ici. ....
Jufqu'à quand , croyés vous nous amufer ainfi ?
Parbleu , c'eft à la fin , nous prendre pour des bufes.
On vous dit qu'on veut bien recevoir vos excufes ,
Que vous pouvez aimer qui bon vous femblera.
Bien plus , dans vos defleins , on vous fecondera ,
S'il le faut : Mais quittés ces détours inutiles.
Croyés moi , finiflés , & laiflés nous tranquilles.

CARLIN.

A deux , tout à la fois , vouloir fe deftiner
Par principe d'honneur ; c'eft beaucoup rafiner !

ACANTE.

Comment puis-je tenir contre tant d'adverfaires ?
Comment puis-je appaifer des deftins fi contraires ?
Amitié , que l'on dit être un bienfait du Ciel ,

Je l'avourai , tu m'es un préſent bien cruel.

Il rentre.

C A R L I N *le ſuivant.*

Il n'en démordra pas.

SCENE VIII.

MELITE, ALBERT, CREMON,

A L B E R T.

IL ſoutient la gageure ;
Et fait tout ce qu'il peut pour colorer l'injure.
Entre nous , je ne puis l'en blamer. Mais enfin
On vous dit vrai , Mélite : il n'eſt que trop certain
Qu'il adore Clarice ; & dans une querelle. . ...

M É L I T E.

L'impoſteur !

C R E M O N.

Je voulois dire à Mademoiſelle ;
Je lui voulois conter le tout , de point en point ;
Mais un air trop diſtrait . . . . . .

A L B E R T *à Mélite.*

Ne vous affligés point.
S'il eſt des impoſteurs , des cœurs faux & volages :
Il en eſt de conſtans. Il eſt des hommes ſages
Qui , plus judicieux , plus fortement épris ,
De ce que vous valés connoîtront tout le prix ,

M iij

Et pourront vous venger de l'avanture étrange
Qui vient......

MELITE.

Helas ! pourquoi faut-il que je me venge ?

Elle rentre.

SCENE IX.

ALBERT, CREMON.

ALBERT.

Tout a fort bien tourné.

CREMON.

Fort bien. Oui. Cependant
Il semble qu'elle ait peine à vaincre son penchant.

ALBERT.

J'en convien. Pour finir une certaine affaire ,
Et pour son propre bien , il seroit nécessaire
Qu'Acante, de son cœur , fût banni tout à fait.

CREMON.

Oui.

ALBERT.

Ce reste d'amour , ce couroux imparfait
Lui vient de n'être pas assés persuadée.

CREMON.

Elle devroit bien l'être.

ALBERT.

Il me vient une idée.

Vous confentiriés donc, que votre fils s'unît
A Clarice ?

CREMON.

Oh ! fans doute.

ALBERT.

      Elle eft femme d'efprit.
Perfonne ne peut mieux, ici, lui faire entendre
Que fur le cœur d'Acante on n'a rien à prétendre,
Pour la faire rougir de fes vaines ardeurs,
Elle peut employer de très-fortes couleurs.
Entr'elles, il faudroit lier une entrevûë.

CREMON.

Une fille, qu'ici fecretement j'ai vûë,
Appartient à Clarice. On pourroit s'en fervir.

ALBERT.

Cherchés un prompt moyen qui puiffe la guérir.

CREMON.

Voyés. Moi, là-deffus, je n'entens point fineffe.
Je comptois marier mon fils à votre Niéce.
Je venois pour conclure. Il biaife, il s'en défend.
Je fuis, dis-je, en cela, fimple comme un enfant.
Vous pouvés élever, tailler, rogner, détruire.
Par vous, aveuglément, je me laiffe conduire.

         Ils rentrent.

    Fin du quatriéme Acte.

ACTE CINQUIEME
SCENE PREMIERE.
LISETTE, CARLIN.

CARLIN.

Tu sors de chés Albert. Je veux sçavoir pourquoi,
Et par quelle raison....

LISETTE.

Mon enfant, laisse moi.

CARLIN.

Quoi! tu voudrois trancher de la misterieuse ?

LISETTE.

L'affaire, dont je traite, est assés sérieuse.
Respecte moi l'ami. Mesure tes discours.
Telle que tu me vois, à force de détours,
D'expédiens, de soins, de courses, de voyages ;
Je compte dans l'instant, faire deux mariages.

CARLIN.

Deux! Et comment cela ?

LISETTE.

L'himen est résolu
Entre Acante & Clarice ; on le tient pour conclu.

A

A l'égard de Mélite, on a sçu la soumettre.
Son oncle l'a gagnée. Elle vient de promettre
D'accepter un parti qui doit se présenter
Qui doit, dans le moment, ici se transporter.

CARLIN.

Quel est donc ce parti ?

LISETTE.

                    Je ne sçais. Il n'importe.
Le dépit, dans son cœur, sur le penchant l'emporte.
Elle a promis. Mais, comme on souhaiteroit fort
Qu'au moment décisif, chacun parût d'accord,
Comme on voudroit que tout se fît de bonne grace ;
Et que l'on craint encor, que la belle ne fasse
Devant l'époux futur quelque difficulté ;
On a tenu conseil. Il en est résulté
Que Clarice, en secret, verroit la Demoiselle,
Lui parleroit, viendroit conférer avec elle,
Sçauroit par ses discours, la mettre à la raison,
Et prendroit, en un mot, soin de sa guérison.
En effet, ma Maîtresse étant premiere en date,
Mélite doit chasser l'espoir vain qui la flate.
On se broüille. Un Amant se dérange par fois :
Mais une femme sçait revendiquer ses droits.

CARLIN.

S'ils sont fondés, il faut que justice soit faite.

LISETTE.

Ma Maîtresse, pourtant, cherchoit une défaite.

N

Elle héfitoit d'abord, & m'a reprefenté
Qu'elle n'entendoit pas forcer leur liberté :
Cela lui répugnoit. Mais, d'un fi fot fcrupule,
Elle a, par mon-moyen, fenti le ridicule,
D'autant que fa Rivale acceptoit un parti
Qu'on dit avantageux. Bref, elle a confenti.
De ce confentement j'ai porté la nouvelle,
J'ai couru, je reviens, je retourne chés elle.
Mélite dans l'inftant doit fe trouver ici,
Et je vais avoir foin qu'elle s'y trouve auffi.

CARLIN.

C'eft fort bien. Cependant notre amoureux s'écrie,
Que s'il perd fa Mélite, il en perdra la vie :
Il jure fes grands Dieux…….

LISETTE.

Hé ! s'il aimoit fi fort
De douleur, à préfent, il devroit être mort,
Puifqu'il a fon congé.

CARLIN.

Pefte ! tu vas bien vîte.
Oh ! de l'évenement, il prétend voir la fuite,
Avant que d'employer un reméde auffi vif.
Mais il protefte……

LISETTE.

Enfin dis moi donc quel motif,
Quel vertigo l'oblige à tenir ce langage.
Il a beau protefter qu'un autre nœud l'engage,

N'aime-t-il pas Clarice ?

CARLIN.

Oui, lui-même en convient.

LISETTE.

Eh ! que lui faut-il donc ? ce qu'il aime, il l'obtient.

CARLIN.

Oui, mais il esperoit, dans sa bonne fortune,
Les avoir toutes deux, il n'en épouse qu'une ;
Cela fait de la peine.

LISETTE.

Adieu, car avec toi
Je perds mon temps.

CARLIN.

Ecoute, écoute.

LISETTE.

Hé bien ?

CARLIN *l'amenant jusques sur le*
bord de Theatre.

Je croi
Que nous nous aimons. Nous ?

LISETTE. *s'en allant.*

Bon.

CARLIN.

Mais vraiment mon Maître
N ij

Epousant ta Maîtresse, il faudra bien, peut-être,
Que je t'épouse aussi.

Lisette rentre chez Clarice.

SCENE II.

CARLIN *seul.*

JE doute franchement
Qu'il soit bien satisfait de cet arrangement.
Il me paroît toujours frapé de sa disgrace.
Et je suis commandé pour voir ce qui se passe.
Pendant qu'il réfléchit, & maudit les Destins,
Deux Rivales, ici, vont en venir aux mains.
Au combat, par l'amour, elles sont animées.....
J'entens, je crois, du bruit. On vient. Oui, les armées
Sont en présence. On voit éclater dans leurs yeux
La haine, le dépit, les transports furieux.
Voici le premier choc.

SCENE III.

CLARICE & MELITE *sont sorties en même tems,*
l'une, & l'autre de chés elles, & se font la réverence.
CARLIN.

CLARICE *à Mélite.*

LA rencontre est heureuse.

MELITE.

Très-heureuse, Madame.

CARLIN *à part.*

Oui.

CLARICE.

          Je suis bien honteuse
D'avoir été si lente à remplir mon devoir.

MELITE.

Vos soins les plus pressans ne sont pas de me voir.

CARLIN *à part.*

Cela va bien. Avant que Carlin se retire,
Mesdames, auriés vous quelque chose à lui dire
Pour son Maître ? Cela se pourroit par hazard.

MELITE.

Quant à moi, vous pouvés lui dire de ma part,
Que toute ma colére est à présent éteinte.
Qu'il peut se présenter, & me voir sans contrainte.
Que ce seroit à tort qu'il craindroit mon couroux,
Que j'ai pris mon parti.

CARLIN.

          Fort bien, Madame. Et vous ?

CLARICE.

Que je suis offensée autant que je dois l'être,
Des divers sentimens qu'il a trop fait paroître.

Que, quoiqu'il ait pû voir, il n'est aucune loi
Qui doive nous porter à trahir notre foi.

CARLIN.

De vos derniers arrêts, je vais lui rendre compte.

Il rentre.

SCENE IV.
CLARICE, MELITE.

MELITE.

C'Est à vous offenser vous montrer un peu prompte,
C'est être trop injuste. Il faut en convenir,
Madame. Vous devriés du moins, vous souvenir
Des pas qu'auprès de moi le dépit lui fit faire.
Une telle démarche, un trait si téméraire
Paroissoit éxiger quelques soins de sa part,
Et vous lui reprochés jusques au moindre égard.
Vous m'obligés pourtant. Continués, Madame,
Et faites moi rougir d'une indiscrete flame.
Mais moderés l'excès d'un mouvement jaloux,
Vous allés triompher, il sera votre époux.

CLARICE.

Vous désesperés bien du pouvoir de vos charmes.

MELITE.

Vous sçavés l'emporter sur de si foibles armes.

CLARICE.

Vous marqués bien du feu, j'espere l'appaiser.
Mon Epoux! un seul mot va vous tranquilliser.
Il ne le sera point ; & s'il désiroit l'être,
On me verroit, moi-même, alors, le méconnoître.

MELITE.

J'ignore vos projets : mais je proteste bien
Devant vous, que jamais il ne sera le mien.

CLARICE.

Pour vous le garantir, pour vous en rendre sûre,
J'en fais ici serment.

MELITE.

Et comme vous, je jure....

CLARICE.

N'achevés point, Madame. Osés vous prononcer
Un vœu frivole auquel il faudroit renoncer.
Pour lui vous ressentés une juste tendresse.
Pour lui j'ai laissé voir des momens de foiblesse.
Un seul point nous distingue, & différe entre nous.
Nous l'aimons toutes deux, mais il n'aime que vous.

MELITE.

Vous m'étonnés, sans doute, & je ne puis comprendre....

CLARICE.

Je prétens vous convaincre & non pas vous surprendre.
Je compte ne pas faire un inutile effort.

Ma raison m'est renduë, & peut-être le sort
M'en laissera joüir assés pour vous résoudre
A rappeller Acante, à l'aimer, à l'absoudre.
Pour ma foible raison, devant lui, je craindrois ;
Mais enfin, devant vous, je ne vois que vos droits.
L'occasion n'est plus, dans ce moment, à craindre.
Il rallume mes feux. Vous les sçavés éteindre.
Je goûte un plein repos, & quant à l'avenir,
Votre himen décidé sçaura m'y maintenir.
J'ai crû jusqu'aujourd'hui n'être que son amie,
J'étois donc son Amante, & mon cœur m'a trahie.
Mais, bien loin d'imiter ce fatal changement,
Il est ami parfait, & toujours votre Amant.

MELITE.

Je vois, j'admire en vous, un trait de grandeur d'ame.
Mais, je l'ai déja dit. Il n'est plus tems, Madame.
Je viens de m'engager. D'ailleurs, vous avourés
Qu'on peut croire douteux ce que vous assurés.
Comment, ayant pour vous cette amitié parfaite,
Comment n'êtes vous pas le seul bien qu'il souhaite ?
Il a pû, pour répondre à mes objections,
Chercher à m'éblouïr par ces distinctions.
J'y consens. Mais pour vous....

CLARICE.

                              S'il sçavoit moins vous plaire,
Et qu'on n'eût pas pris soin d'aigrir votre colére,
Vous n'auriés point été si prompte à le blâmer.
Il peut en même tems, me plaindre, & vous aimer.

Qui

Oui, vous en conviendrés. Cet accord est possible.
Hé quoi ! s'il n'étoit pas généreux, & sensible,
Mériteroit-il donc d'obtenir votre main ?

MELITE

J'ignore encore un coup quel est votre dessein ?

CLARICE.

Il faut qu'un nœud constant, dès ce jour, vous unisse,
Il faut le mieux connoître, il faut rendre justice,
A ce sincére Amant faussement accusé.
On vous abuse ici, tout vous est déguisé ;
Mais par bonheur le Ciel permet que je vous voye,
Il venoit dans mon sein, verser toute sa joye.
Charmé de voir Crémon consentir à ses vœux,
Il venoit m'informer de ce succès heureux.
Dans l'instant, j'ai senti que, par cette nouvelle,
Il portoit à mon cœur, une atteinte cruelle.
Il s'en est apperçu. Mon secret échapé
Auroit surpris tout autre, & d'abord l'a frapé.
Mais, il s'étoit remis d'une telle surprise,
Et couroit au seul bien dont son ame est éprise :
Quand un trouble indiscret, pour la seconde fois. . . .
Faut-il que vous sçachiés ce détail par ma voix ?
Daignés me l'épargner. Faites vous une image
Des plaintes, des transports que sçait mettre en usage
Une Amante outragée, & qui perd tout espoir,
Vous en concevrés moins que je n'en ai fait voir.

Il a frémi, sans doute, en voyant ma foiblesse,
Il a paru saisi d'une amére tristesse ;
Eh ! Madame, après tout, ne me devoit-il rien ?

O

Cet amour, cependant, n'a point fait tort au sien.
S'il balance un moment par quelque peu d'estime,
Ce moment de délai, bien-tôt, lui semble un crime;
Bien-tôt, il vient pleurer sa faute à vos genoux,
Et vous osés porter votre injuste couroux
Jusques à décider qu'il est incompatible
D'être fidéle Amant, & d'être ami sensible?
Helas! il m'a donné quelques légers soupirs;
Il vous a réservé les plus tendres désirs.
Enfin, il s'est montré, tout à la fois, aimable,
Constant, passionné, généreux, équitable:
Et c'est lui cependant, c'est lui que dans ces lieux,
On accable des noms les plus injurieux.
Ah! Je ne verrai point ce traitement barbare.
Non, j'aurai dissipé l'erreur qui vous sépare.
Il sera votre Epoux, vous me le promettrés.
Puisqu'il est innocent, vous le justifirés.
Ou, par grace, avec lui vous serés réünie,
Si c'est un crime, enfin, que de plaindre une amie.

M E L I T E.

Clarice, se peut-il?....

C L A R I C E.

Mélite, rendés vous.

Elles s'embrassent.

M E L I T E.

Le soin que vous prenés m'est, sans doute, bien doux.
Et je céde aux raisons dont vous daignés m'instruire.

Mais que je vois encor d'obstacles à détruire!

CLARICE.

Qu'auriés vous donc à craindre ?

MELITE.

                       Acante est innocent.
Et pour lui, j'ai fait voir un couroux offensant.
Daignera-t-il reprendre une importune chaîne ?

CLARICE.

Vous l'avés offensé, mais c'est par votre haine.
Vous le satisferés bien-tôt par votre amour.

MELITE.

On vient de décider qu'avant la fin du jour
Avec un autre Epoux, je serois engagée.

CLARICE.

On a cru qu'il falloit que vous fussiés vengée.
Le projet se détruit par sa fidélité.

MELITE.

Albert peut se servir de son autorité.
Et Crémon, qui sembloit approuver cette affaire,
Peut avoir à présent un dessein tout contraire.

CLARICE.

Vous sçaurés les toucher. Enfin consultés vous.
En hésitant, songés que vous nous perdés tous.
Je viens vous éclairer. Accomplissés le reste,
Ou tout ceci n'aura qu'une suite funeste.

Acante vous adore, il n'eſt que trop certain
Qu'il mourra de douleur, s'il n'obtient votre main.
Vous l'aimés. Et, ſçachant qu'il n'étoit point coupable,
Sa perte vous rendra, ſans doute inconſolable.
Pour moi : qui ne puis pas ſuporter les remords,
Si je n'ai rien gagné, malgré tous mes efforts,
De vos déſunions ſi ma faute eſt ſuivie,
Ce triſte évenement me coutera la vie.
Voyés. Voila les maux que vous allés cauſer.
Refuſés donc l'Epoux qu'on veut vous propoſer.
Reclamés votre Amant. Publiés ſa conſtance.
La pudeur s'enhardit en ſervant l'innocence.
Reprenés votre joie ; & repreſentés vous
Qu'Acante eſt ſeul, ici, digne du nom d'époux.
D'ailleurs, pour mieux ſçavoir que c'eſt vous qu'il adore,
Et ſi vous conſervés quelque ſcrupule encore :
Il peut ici paroître & nous voir toutes deux.
Vous connoîtrés d'abord, où tendent tous ſes vœux.
Il vient ; diſſimulés, inſtruiſés vous vous même.
Voyés ſi c'eſt Clarice, ou Mélite qu'il aime.

M E L I T E à part.

Raiſon ne trouble plus une trop juſte ardeur !

C L A R I C E à part.

Raiſon, ſecoure moi, triomphe de mon cœur.

SCENE V.

ACANTE *suivi de* CARLIN *qui ne s'approche pas.*
CLARICE, MELITE.

ACANTE *à Mélite.*

Ermettés moi deux mots. Dites-moi, je vous prie,
Est-il bien vrai, qu'ici, ce soir, on vous marie.

MELITE.

Il est vrai qu'un époux m'est ici destiné.

ACANTE.

Puis-je sçavoir quel est ce mortel fortuné ?

MELITE.

Je ne puis pas encore là-dessus vous instruire.

ACANTE.

Ne vous contraignés point. Je n'ai plus rien à dire.

A Clarice en se retirant.

Pour vous, j'ai crû, Madame.....

SCENE VI.

LISETTE, ACANTE, CLARICE, MELITE, CARLIN.

LISETTE au fond du Theatre.

IL faut brufquer ceci,
Il pourroit tout gâter.

haut.

Albert m'envoye ici.
Il voudroit bien fçavoir, avant que l'on s'affemble,
Si vous n'avés plus rien à difcuter enfemble.

CLARICE.

Vous pouvés annoncer que nous fommes d'accord.

à part.

Voyons l'évenement.

LISETTE.

Allons ; mais quelqu'un fort.
Je n'irai pas bien loin. Notre monde s'avance.

SCENE VII.

ALBERT, CREMON, LE NOTAIRE, *& les précédens.*

LE NOTAIRE, *à Crémon.*

IL faut, dis-je traiter, avec plus de décence,
Un Officier public. Comment donc : dédaigner

Un avis qu'en paſſant, je crois devoir donner ?
Comme ſi ce qu'on dit étoit du verbiage.

C R E M O N.

Tout cela ſe payra par un bon mariage,
Monſieur le Garde-Note.

A C A N T E *allant s'appuyer ſur ſon*
Valet qui eſt un peu éloigné.

Ah ! je vois ſon projet !

A L B E R T *à Crémon.*

Mélite fait paroître un air moins inquiet.
haut.
Monſieur, voila Clarice.

C R E M O N *à Clarice.*

Ah ! trouvés bon, Madame,
Que j'approuve mon fils dans le choix de ſa flame.
Ce que l'on dit de vous eſt trop avantageux
Pour ne pas l'applaudir, & l'eſtimer heureux.
Sa foi vous étoit dûë, & vous n'êtes point faite
Pour . . . .

C L A R I C E.

J'ai pour votre fils une eſtime parfaite,
Monſieur. Il n'a pas lieu de me méſeſtimer.
Mais juſques à la fin, j'ai peine à préſumer;
Je doute que ce ſoit pour moi qu'il ſe déclare.

C R E M O N.

Comment ? Se pourroit-il qu'un point d'honneur bizarre
L'intimidât encore ? Il ſe moqueroit bien.

Ces affectations ne servent plus à rien.
Puisque pour d'autres nœuds Madame est destinée.

ALBERT à *Clarice*.

Oui, Mélite a promis, sa parole est donnée.
plus bas.
Vous n'avés pas dû nuire.....en un mot dans l'instant;
Je compte bien qu'ici, chacun sera content.

CLARICE.

Comptés vous, pour beaucoup une telle promesse?
Et de son propre cœur est-elle bien maîtresse?

ALBERT.

Son cœur à mes desseins a paru très-soumis.

CREMON.

Pour moi, je suis témoin que Madame a promis.

MELITE *avec timidité, & en regardant*
Clarice qui la rassure par un regard

Si dans un pareil cas ma parole m'engage,
Il faudra la tenir.

ALBERT.

Quel est donc ce langage?
C'est la raison qui doit vous engager le plus.
C'est le chagrin d'avoir essuyé des refus.
C'est l'espoir de trouver un parti très-sortable,
Très-digne de vous plaire, & très-recommandable.

CREMON *à part.*

Que de mistére!

MELITE.

Avant que l'himen se conclût,

Je

Je pense que, du moins, il faudroit qu'il parût.

CREMON *à part.*

Tout doux.

ALBERT.

A se montrer, si vous trouvés qu'il tarde;
Il paroîtra bien-tôt.

CREMON *bas à Albert.*

Eh non pas. Prenés garde....
Qu'est-ce que tout ceci ?

ALBERT.

D'avance, je répons
Que pour vous il aura de très-dignes façons.
Qu'il est tendre, constant.

MELITE.

Ah ! sans qu'il se présente ,
Je le crois moins constant , & moins tendre qu'Acante.

ALBERT.

Acante?

CREMON.

Acante ?

LISETTE.

Quoi ?....

ACANTE.

Que dit-elle, Carlin?

CARLIN.

Je crains de me tromper.

P

ALBERT.

Quel changement soudain ?

CREMON *à part.*

Où m'allois-je fourer ?

ACANTE.

Me justifiroit-elle ?

LE NOTAIRE *de son siége.*

Allons. Est-on d'accord ?

ALBERT.

Je crois, Mademoiselle

Que vous n'y pensés pas.

MELITE.

Vous voulés, je le voi,
Vous servir du pouvoir que vous avés sur moi.

CREMON *à part.*

Quel caprice éternel !

ALBERT *à Mélite.*

Non ; mais quelle apparence
Que vous parliés d'Acante après l'expérience....

CREMON *à Mélite.*

Je n'ose point ici vous rien représenter,
Mais ....

ALBERT.

Vous ne devés pas, je crois, le regreter.

CREMON *à Mélite.*

Je n'ai point fûrement d'interêt dans la chofe…

ALBERT.

Acceptés, croyés moi, celui que je propofe ;
Ou vous rifqués beaucoup. Je vous en avertis.

ACANTE *s'étant raproché.*

Mélite ?..

ALBERT.

Outre qu'Acante a fait voir un mépris,
Dont perfonnellement on a lieu de fe plaindre :
Les jeunes gens, en tout, ont des retours à craindre.

ACANTE.

Mélite ?

MELITE *à Albert.*

De mon fort, vous pouvés difpofer.
A l'himen de fon fils Monfieur peut s'oppofer.
Mais pour moi, loin de craindre un fi mauvais augure,
D'accord avec mon cœur, ma raifon me raffure.
S'il faut que de mon choix vous foyés éclaircis :
C'eft Acante, en un mot, c'eft lui que je choifis.

ACANTE.

Eft-il bien vrai, Mélite ? Ah ! le feu qui m'anime….
Ma voix…. ce que je fens, que mon tranfport l'exprimé.

CARLIN *courant au Notaire.*

Allons. Réveillés vous, il faut inftrumenter.

CREMON *à part.*

J'aurois eu bonne grace à m'aller présenter.

CARLIN *revenant du côté de Crémon.*

En ce cas-là, Monsieur, il me semble inutile
Que l'autre époux paroisse ; il peut rester tranquille.

CREMON.

Il le peut en effet.

ACANTE.

Helas ! … Mais dites-moi.
Daignés me réveler, Madame, à qui je doi.
Cet heureux changement que je n'osois attendre.

ALBERT.

Oui, pourroit-on, sçavoir ce qui vous fait vous rendre
Avec tant d'assurance, & tant de fermeté ?

MELITE.

C'est l'effet d'un conseil dicté par l'équité.
C'est ce qu'a dû produire un discours sans replique,
Un noble empressement, un dessein héroïque
De sauver un ami que l'on croyoit perdu.
C'est à Madame, enfin, que ce retour est dû.

ACANTE.

O vertu sans égale ! ô genereuse amie !

LE NOTAIRE *se raprochant du côté d'Acante
d'un air riant.*

Vous aviés fait paroître un peu d'antipathie.

Mais votre pere parle, & vous vous soumettés,
Vous voulés, en bon fils, suivre ses volontés.
Il vous en tiendra compte. On sçait que cela coûte.

CREMON.

Mes volontés?

LE NOTAIRE.

Eh! oui, vos volontés, sans doute.

CREMON.

Cet homme est possedé de quelqu'esprit pervers,
Qui le force à penser toujours tout de travers.

LE NOTAIRE.

Je sens bien le plaisir que cela doit vous faire.

CREMON.

Vous ne vous trompés pas (*à part*) il faut sortir d'affaire.
Oui, Je consens.

ALBERT.

Madame a sçu se surmonter.
Son exemple est trop beau pour ne pas l'imiter.

LISETTE *bas.*

Ce cœur, qui se surmonte, est bien malade encore.

ACANTE *à Clarice, en tenant la
main de Mélite*

J'obtiens, dans ce moment, Mélite que j'adore.
Ce bien inexprimable a d'autant plus d'attraits,
Que j'ai cru dans ce jour la perdre pour jamais.

Mais, qu'il me soit permis, Madame, de le dire,
Au milieu des transports que Mélite m'inspire.
Sans votre aveu, ce bien devenoit imparfait.
J'eusse craint mon bonheur, si vous ne l'eussiés fait.
Et je viens d'éprouver, que si l'amour l'emporte,
Si l'Amour peut dompter l'amitié la plus forte :
Du moins, impérieuse, & puissante à son tour,
L'Amitié dans un cœur, peut balancer l'Amour.

FIN.

Chevalier Garde des Sceaux de France le Sieur Chauvelin, & qu'il
en sera ensuite remis deux exemplaires dans notre Bibliotheque
publique, un dans celle de notre Château du Louvre, & un dans
celle de notre très-cher & feal Chevalier Garde des Sceaux de
France le Sieur Chauvelin; le tout à peine de nullité des Présentes
du contenu desquelles vous mandons & enjoignons de faire jouir
ledit sieur Exposant ou ses ayans cause, pleinement & paisiblement
sans souffrir qu'il leur soit fait aucun trouble ou empêchement.
Voulons qu'à la copie desdites Présentes qui sera imprimée tout au
long au commencement ou à la fin dudit Livre, foi soit ajoutée
comme à l'original. Commandons au premier notre Huissier ou
Sergent de faire pour l'execution d'icelles tous actes requis & nécessaires, sans demander autre permission, & nonobstant Clameur
de Haro, & Charte Normande, & Lettres à ce contraires : Car tel
est notre plaisir. Donné à Versailles le 23. jour du mois de Decembre, l'an de grace 1735. & de notre Regne le vingt-uniéme.
Par le Roy en son Conseil.

SAINSON.

*Regiſtré ſur le Regiſtre IX. de la Chambre Royale des Libraires &
Imprimeurs de Paris, N. 235. fol. 216. conformément aux an-
ciens Réglemens, confirmés par celui du 28. Février 1723. A
Paris le 28. Decembre 1735.*

G. MARTIN, *Syndic.*

www.ingramcontent.com/pod-product-compliance
Ingram Content Group UK Ltd.
Pitfield, Milton Keynes, MK11 3LW, UK
UKHW022358090726
13658UKWH00002B/700